青春美文系列丛书

亲爱的向日葵

朱成玉◎著

群众出版社

图书在版编目（CIP）数据

亲爱的向日葵 / 朱成玉著. — 北京：群众出版社，2015.7
（青春美文系列丛书）
ISBN 978-7-5014-5392-4
Ⅰ.①亲… Ⅱ.①朱… Ⅲ.①散文集—中国—当代 Ⅳ.①I267

中国版本图书馆CIP数据核字（2015）第151033号

青春美文系列丛书

亲爱的向日葵

朱成玉 著

出版发行：群众出版社
地　　址：北京市西城区木樨地南里
邮政编码：100038
经　　销：新华书店
印　　刷：北京泰锐印刷有限责任公司

版　　次：2015年9月第1版
印　　次：2015年9月第1次
印　　张：7.5
开　　本：880毫米×1230毫米 1/32
字　　数：170千字

书　　号：ISBN 978-7-5014-5392-4
定　　价：25元

网　　址：www.qzcbs.com
电子邮箱：qzcbs@sohu.com

营销中心电话：010-83903254
读者服务部电话（门市）：010-83903257
警官读者俱乐部电话（网购、邮购）：010-83903253
公安综合分社电话：010-83901870

目 录

立 春

雨 水

惊 蛰

春 分

清明

谷雨

立春

春。刚刚踮起脚尖儿。她只是努力够着那面镜子，她在梳头，并非在和我打招呼。我的一厢情愿，仍是寒意未消。

——立春

蠢蠢欲动的春天

温度的变化是细微的，不易觉察，但心中总有某个触点，在与它相互感应。就像在好多天没有生火的灶膛里点起火，炕席下面的暖便慢慢地一拱一拱地往上蹿。春天，就是这样的，在阴冷冷的地表下面，蠢蠢欲动。

冬眠的心该醒了，春风正在还给我们，自由自在的呼吸。

春天是个善解人意的女子，担心人们忍受不住冬天的煎熬，就通过雪花给尘世送了信儿，告诉我们一些温暖的消息，让我们坚信，春天的翅膀，从来都不曾收拢，哪怕一分一秒。

而现在，残留在犄角旮旯处的最后几片残雪也终于消融，之前，它并非负隅顽抗，只是想留给冬天最后一个吻痕。

春天准时准点儿地，趾高气扬地来了。

妻子的春天是从水仙盆里悄悄探出头的嫩芽上开始的；女儿的春天是从融化的雪人的眼泪里开始的；我的春天是从冬眠的虫子突然停止的呼噜声中开始的；一双脚的春天是从一双回力鞋开始的；一双手的春天是从涂上防晒霜开始的；一只狗的春天是从那不断掉下来的卷毛里开始的；一只猫的春天是从屋顶上类似于婴孩啼哭的急叫中开始的；一把铁锹的春天是从刚刚解冻的地里铲起的一锹土中开始的；一把镰刀的春天是从一块磨刀石上开始的；一扇窗的春天是从撕掉的窗缝纸上开始的；一面墙的春天是从有人刻下“我爱你”的时候开始的……

扼住桃花的喉咙，三月开始刑讯逼供，逼迫它说出四月的藏身之所，因为三月，不想这么早谢幕，它想把四月翻出来干掉，它想独自霸着春天，让自己的生命，再延续30天。

可是马上它便后悔了自己的愚蠢和鲁莽，四月不来，它如何去。这里的春天需要把守，不然，一旦泄露半点春光，整个村庄将会是一片花海。

四月终于安然无恙地来了，将三月撵下山去。

是谁，最早将春天注册，成为自己的私有品牌？是迎春花吧，掏空体内的暖，孕出一朵朵烫手的红，供人们驱赶料峭的春寒；是桃花和杏花吧，要么白亮亮的，要么粉灿灿的，铺天盖地，直教人看得眼睛生疼，也不忍回过头去；是梨花吧，如果畏惧轻寒，你躲进屋子里，错过了万顷桃颜，千亩杏脸，那么就请守住这一枝梨花的安静。蓦地，感觉到繁花，正在慢慢以诗歌的形式，排列而来……

女人们在花丛间嬉戏流连，男人们在不远处观望，并心生感叹，原来，只需桃花三钱，杏花二两，便可将自己的女人调理得这般美艳动人啊，白里透红，顾盼生辉。

此刻的人间，没有黑色素，当下的岁月，没有老年斑。一切都是嫩的，光滑的，柔软的。

春天，一个早晨一个样儿，清亮亮的，让人时刻怀揣着出发的心。最初的太阳在我的家里，我的女儿，太阳的核心，从睡眠中醒来，第一声娇啼，就释放出夺人的光芒。

春天，一个早晨比一个早晨鲜活，好像一眨眼，小女孩就会变成大姑娘，毛毛虫就会变成彩蝶飞走。便忍不住想向那个晨读的少年喊：喂，你翻书的手请不要太快！

春天是美丽的，可是春天也会唤醒一些记忆，使它们慢慢爬出洞穴，咬伤你。我却不怕，我有十根手指，任它去咬吧。

即便被咬住，我也不会缩回双手，我的十根手指，指着同一个春天。

春天催促着我们去寻她——“来吧，快来吧”。

听从春天的召唤，出发去踏青。踏青是所有人的权利。我不要加班，不要加班费，不要先进个人和奖金，只要把春天的假期还给我。

我们带着零食，带着啤酒，带着相机，三五成群，吆五喝六，在春天的野地上打滚儿。

我们带着小刀，去挖刚刚醒来的野菜。这就是春天，好像我们的母亲，喜欢我们与她亲近，哪怕我们刺疼了她。

春光真美，在密密的树林里，哗啦啦地倾泻下来，那是阳光的瀑布。用春光做背景，我们不停地照相，怎么也照不够。其实，像素再高的相机，拍到的也只是春天的皮毛。最美的春光在人的心里。

只要那最美的春光在，再贫瘠的土地也会种出好庄稼；只要那最美的春光在，一颗颗远方游子的心，便会不远万里地奔回来，急着在这里扎下根去！

月亮掉进水缸

爱人逃跑了，爱人惧怕我的火焰，厌倦了倾听贫穷的风声。

可我还能燃烧多久呢？像年轻时代的蜡烛，挺直腰身，矜持而骄傲。还能明亮多久呢？像空中悬着的月亮，易碎而又永恒。

易碎而又永恒，这正是我要表达的爱情。从古至今，爱情中的伤者比比皆是，也正是这些伤者，提着一盏盏悲剧的灯笼，从古代的桥上一直走到今天，让一个个空虚漫长的夜有了装饰和点缀。一如一闪即逝的英雄，总是担着一生流泪的花朵：貂蝉的唇，被自己的血涂红；虞姬的血，让一把利刃更加寒冷……还有那些傻傻的书生，那些驮着月光，在爱情的门前咯血的狐，他们还在寻找吗？为了爱，扔掉眼前的一切繁华。还在燃烧吗？为了爱，将自己的一生付之一炬。

“照地几许人肠断，玉兔银蟾远不知。”月亮本是无情之物，人却是多情的，往往视月亮为可以信赖的知音，永久闪着诱人光亮的爱情的瓷。人们对着她许愿，说出心底隐藏最深的秘密，劳烦她当邮差，捎去一份思念。

今夜，她便是我永不会逃跑的爱人。

她是个善解人意的女子，随你的心情忽缺忽圆。在那些忧伤的时间里，我总是用一口大大的水缸将她囚禁，看她裸着白白的身子，在我的眼前沐浴。

月亮掉进水缸，让我一下子分不清这孪生的姐和妹。天上的你和水缸中的你，我该爱哪一个？天上的你无法追寻，水中的你，不敢触及。我是一个诚惶诚恐的孩子，站在两个你之间，丢掉了魂魄。

我不停地旋转着酒杯，静静地欣赏跌进杯子里的灵魂，它时浮时沉，忽暗忽明，在小小的酒杯里随波逐流。我不停不停地问自己，是不是将酒杯打碎，灵魂就会四处流浪，一病不起？

我不停不停地旋转着酒杯，静静地欣赏着自己灵魂的舞蹈。月亮忽然掉了进来，我的灵魂一下子安静了，在祥和的月亮的抚慰下，我的灵魂静得像一颗衰竭的心脏，只剩下平静的喘息，只剩下回忆。

往事的红唇啜着我的酒杯。月亮，那蓝色的温柔是多么危险的诱饵啊，我陷进去，任怀念的羽毛纷纷落下，盖住一些人的名字。

忘了世界是怎样慢慢熄灭的，也忘了是哪一双手将月亮偷偷点亮的。在这个阳台上，我感到所有的花朵都睡去了，只有空中那一朵，醒着。在我的凝望中，在我的谛听里。那是我在这个城市里唯一的亲人，唯一的一盏灯。请不要灭，让我顺着那微弱的光亮，找到幸福的屋檐。

那是被遗忘了很久的爱。她闪烁的眼睛指引着人的生老病死；她温柔的翅膀轻抚着灵魂的疼痛。在她的城堡，我愿意是那个输得精光的赌徒；在她的淡水河边，我愿意是那个被淹死的酒鬼。如果我在流浪，她就是我夜夜取暖的篝火；如果我在写诗，她就是我最疼最疼的那枚字眼。她在湖边，也在沙漠里，在灿烂的阳光下，也在狂风暴雨里，在迪斯尼乐园，也在贫民窟，在和平的世界，也在战乱的中东，她充盈在空气中，供人们自由呼吸，她“是人类最完美的宗教”，“给我们解开一个个不死之谜”。

我在月光织成的湖里举杯畅饮。邻居家的老人走过来劝我说：“小两口吵架不算个事儿，破镜都可以重圆，何况是缺了边儿的月亮……”

本来是借酒消愁的，不想与这美好的月亮邂逅。她把我的寒舍镀成了天堂，守着她，能把一个个寒苦的日子都挨过去。

我游在月光之湖中，不想靠岸。我想拥有真正的爱情，不是门当户对的那种般配，也不是媒妁之言的乱点鸳鸯，更不是金钱买卖的交易，而是任秋水纵情泛滥，抱着一根桥柱苦苦守候的爱情，是两条将死的鱼，在一个浅浅的车辙里相濡以沫的爱情。

我想拥有真正的爱情，想在尘世的沙滩上领略幸福的台风。

月亮在高高的地方承受着世人的仰慕，人们有时拿她当信纸，倾诉一生的际遇，有时拿来当手帕，擦拭灵魂深处的眼泪。

爱人不是飞蛾，爱人不会再回来。但我依然要燃烧，用清贫的火把蜡烛的一生吻遍，用褴褛的衣衫将遍地的月光收藏。

月亮，这爱情的瓷，正闪着蓝色的温柔，诱惑我。

她夜夜悬在空中，被内心充满爱的人奉若神明，被漠然麻木的人束之高阁。

把世界当成一朵莲花来爱

已近午夜，仍迟迟不肯睡去。总在固执地相信，这世上肯定有一双翅膀在所有脚步停歇的地方飞翔，有一枚花瓣在所有花香沉睡的时候独醒，有一双眼睛在所有火焰熄灭的地方燃烧，有一把提琴在所有声音喑哑的时候歌唱。

不是我心灵上盛开的花瓣，请不要挂满我的露珠，不是我杯中浮起的月亮，请不要沾惹我的泪水。我固执地想要飞走，不管在这里曾留下多少脚印，多少花香，多少火焰，多少歌声。我要飞走，把颗粒大小的背影也带走。我是个完美主义者，一个失败的习惯幻想的人。我要到陌生的地方行走，我要去高高的枝头经历风寒。

我终于愤怒地撕掉了那些被墨水腌渍过的稿纸，上面有我泛滥不息的谎言和唾液。我知道我曾经卖掉过我自己，像我的笔为了一些稿费卖掉我的纯洁和真实，像我的影子为了前程跑到灵魂的前面去。

在这个夜里，我消失了，正在与夜融为一体。

我终于没有再次点亮蜡烛，我站在窗前，等着月亮出现。

许多年了，都是这样悄然走过。眼睛还是那双眼睛，笔还是那支笔，我却知道了把守自己。尽力不要再写出那些不干不净的字，让思想中永远有睡莲的芳香。那一张张洁白的稿纸，是值得珍惜的雪地，还有映在上面的月光，是遥远的年代里流传过来的美德啊。

月亮迟迟没有出来，哪怕只露出一抹短暂的微笑，也能救我。我被捆缚在时间的雨里，任思念生满青苔。

莫奈在晚年画了许许多多的睡莲，他是如此钟情于睡莲，据说他临终前的遗愿竟是让人把他所画的睡莲置放在一个圆形的展厅里，让观众沐浴在这个“睡莲”盛开的“池塘”里。

多么美的一个愿望啊，可是有谁知道，莫奈这一幅幅安静的、精美的睡莲，竟是在病魔缠身的妻子撒手人寰的时候画出的。他能画出涂满阳光的名作，却没钱医治常年卧病在床的妻子，没钱喂养两个嗷嗷待哺的孩子。

这到底是谁的过错？

总以为厚厚的窗帘一拉上，便与这世界断了音讯。无奈电视和网络，杂志和晚报，仍在继续一幕幕恐怖袭击，飞机失事、自杀性爆炸、宗教冲突……一个混乱的世界，一个战火纷飞的地球。

唉，世界就是有这么多的烦恼。还是这个夜好，看，月亮终于出来了。靠近零点的门框里，一朵睡莲诞生了。它是燃起整个世界的那盏巨大灯笼的灯芯！

在这个夜里，我把丢失的一切都捡回来了。我把它们一一摊开，在生命的卧床上，像一只鸟梳理着自己的羽毛。我是那么愿意和它们，每一个深深的夜，每一双凝神的眼睛，在这个世界的最深处推杯换盏，以心交心。

我渐渐忘却了白天发生的一切，我不再关心物价、住房和股市行情，只有一些老去的旧事，在眼圈里慢慢浮起，并罩上一层月亮的光环。

既然，醒着有那么多烦恼，那就睡下吧。睡了，这个世界就是一朵莲花。

一朵纤尘不染的莲花。

风是不睡觉的鸟

是风把整个夜晚连接起来。从一棵树到另一棵树，从一朵花到另一朵花，从一滴露水到另一滴露水，从一个梦到另一个梦。风神操着巨大的口袋，向外倾倒这些没有翅膀的乱飞乱撞的鸟儿。

这个夜里，只有风在穿行，在聚集，聚集之后再散开。

不管风如何暴躁，它终究还是感动了我。它似乎正在试图唤醒什么，像那些不停探究人类心灵秘密的大师。它把整个夜里的花朵放进摇篮，它把整个夜里的鸟儿赶往天堂。在爱还没有消逝的地方，它的长发，飘成了夜里令人感动的旗帜。它让我相信，在比夜更深的地方，一定有比夜更黑的眼睛，比风更沙哑的喉咙，比棋子更沉重的脚步，在凝视，在歌唱，在行走。

遥远的一点亮光是什么？是慈母等着疲倦的游子归来，是新娘为河对岸的新郎举着心灯，是失魂落魄的酒杯碰到一起，是回忆的萤火虫辛苦积攒的灯笼……

我相信每一颗星星都有难言的心曲，相信每一块石头都有一个美丽忧伤的故事。我和风一样，是不睡觉的鸟，在夹缝里也能舞蹈，在低洼处依然积蓄着歌声。生命太美，它的每一个角落都让人不忍错过。

这样的夜，我把自己关在屋里。屋子的四周都是敞开的窗子，仿佛那个全身都在漏水的古希腊诗人。风在我的屋子里自由地打着旋儿，欢快地舞蹈。我坐在屋子中间，任由风掀起弥散着古典气味的青丝。我并不想在这个季节里留下言语，所以我默不作声，任凭时间滴滴答答淌成小溪。

我是一个嗜睡的人，但今夜，我和风一样，都是不睡觉的鸟。自然中的清香调和成一种特别的气味，各种各样的鸟鸣是无须人来指挥的天籁之音，让我在敞开窗子的夜里醉了。

传说有一种鸟是没有脚的，它们只能一直飞呀飞，累了就睡在风里。它们一辈子只落地一次，就是死的时候。

这便是我在这个夜里选择的姿态：坚持到底。坚持使我渐渐成为风，成为猎猎作响的胜利的旗帜。

我不忍睡去，我是不睡觉的鸟。我想和风一起，用自己的鸣叫唤醒那些美好的事物，陪着我生生不息地流淌。如果贫穷将我埋葬，我会禁不住放声歌唱，如果流言将我风干，我会等到鲜花怒放。我不是最早到达这个世界的人，但我却是最最不愿撤离这个世界的人，我珍藏这一切，包括黑夜，包括深渊。

这是一个需要用梦来交换的夜晚，在我胸膛里的火焰即将枯萎的时候，我把梦无私地交出去，唤回一个宁静得只有风声的夜。我放弃睡眠，放弃耷拉在枕边的梦，我对自己的心灵有过一个承诺，要给它自由，给它安宁。尽管贫穷，但要时时刻刻听着风声；尽管微弱，但要分分秒秒坚强地亮着。

风在夜里领唱，把整个夜晚从零点开始分成两半，前一半是记忆的湖水，后一半是畅想的海洋。

月亮清凉凉地，像恪守妇道的贞女，把牌坊标榜到了天空，让尘世的眼睛接受礼教。在今夜的月光下，我是个眉清目秀的美人，一只口含香气的子规，因为我怀揣着世上最美好的心愿。

夜正在慢慢地整理书包，像一个急着放学的孩子，带上种种新奇的想法和少年的一丝梦想的灰烬向黎明的校门奔去。

在淡了一些的幕布上，我看见了另外两只和我一样不睡觉的鸟，一只刚刚走过荒原，一只坐在石头上，满目怅惘。一只是库切，一只是已经走远的路遥，他们正在试图唤醒沉睡的世界。库切眼中的生活就是不停地“在用鼹鼠打洞扒出的泥土造山”，他质问自己的灵魂：“所有其他的人都跟生活妥协了，为什么你就不能够？为什么你就不能够？”库切坚持着，在夜的黑里搜索着照耀人心的思想。路遥的早晨永远是从中午开始的，因为他要在夜里与平凡世界里的人们对话，他要在夜里躲避艰苦生活对他的打击。他们让我相信，这个世界是美好的，让人的心头始终悬挂着一盏灯笼。不管夜的黑绸裹住多少龌龊与卑污，不管灯红酒绿中又成交了几桩生易，毕竟是有黎明的，每一次黎明都让人的生命为之一振，每一次黎明都为人的灵魂注射了一支钙剂。

我从今夜渡过去，从一个思想的水面渡过去。我的身体是一个空空的筏子。我渡过去，鞋子却湿漉漉地留在这里。它暗示着，我仍将歌唱着上路，仍将展开自由的翅膀，守在黑暗的夜里，和风一样，做一只不睡觉的鸟。

一朵云，全身长满翅膀

一朵云，全身长满翅膀。它欢笑，世界便灿烂，鸟语花香；它哭泣，世界便开始传递忧伤。云在我的眼眉上方，为我的梦想搭窝筑巢。云在天空，伸展翅膀，将尘世的辛酸与疼痛揽入怀中，然后变成泪水，洗刷着这个世界的污浊。有时，它化成风暴，卷起世界的垃圾，让欲望在高楼的顶层发抖。

云，仿佛信纸被一片片撕碎，仿佛梦想被一层层包扎。云，永远不会奔跑，它在散步中领略着尘世的花园。

可是现在，它不动了，它停在马路上空，像一幅安静的油画。世界一下子变得干净了，因为这块巨大的手帕。它能拧出眼泪，在你想要哭泣的时候；它能传出音符，在你想要歌唱的时候。

那天我们都很忙，车子开得飞快。仿佛钱币在前面跳舞，仿佛被欲望点着了屁股。在不得不停下来的闪着红灯的十字路口，我听见一个孩子对另一个孩子说：等一等，让那片云先过马路。

孩子，你们是怕我们这些盲目的车子撞到云吗？是怕那片云掉下眼泪吗？还是，单纯地只想给云让路？给云让路的这段时间里，世界发生了很多变化，很多汽车开过那两个孩子身边，有人停下车看看他们，又看看天上，失望地走开。更远的地方正在召开会议，很多人的命运就在会上决定了。云飘过去，在这个城市最繁华的地段上空。它擦拭着城市生了锈的思想，擦拭着一双双被灯红酒绿迷失的眼睛。

记得一个士兵的死是关于云的：在战壕里，士兵忽然抬起头，看见一朵悠悠飘过的云，他情不自禁地抬头仰望，一会儿把它当成心爱的人寄来的情书，一会儿把它当成从故乡游移过来的羊群，完全被云那千姿百态的美所吸引，忘记了这里是战场，结果一枚炮弹在他身边爆炸了。他死了，死得并不壮烈，却很优美。如果整个世界都能像那个士兵一样，为一朵云让路，这个世界就不会有战争了。

为一朵云让路，就是给童年让路，给一只绣满祝福和愿望的风筝让路；为一朵云让路，就是给梦想让路，给一串蹦蹦跳跳的音符的蝌蚪让路；为一朵云让路，就是给自己的灵魂让路。

“少女从别人的眼睛里看到含苞待放的自己，便以为这个世界永远不会再有坏消息。”我从夜的沼泽里爬出，嘴角还挂着梦的衣裳。我急急地打开窗子，看今天的云是安静的还是喧嚣的，是快乐的还是悲伤的。云，从不曾为谁收起翅膀。但是今天，我感觉到它落地了。它从没有像今天这样，深深扎根在人间，再不去漂泊。

阳光请柬

绵绵不尽的雨一直下了半个多月，把人的心情淋得坏透了。直到今天早晨，下了很大很大的雾，而有雾的早晨一定是个好天气，这酷似预言的话不知是谁说的，格外灵验。

整个早晨都蒙着白纱，太阳睡了半个多月的觉，懒懒地，好像还是不愿起床，铁嗓子公鸡伸长脖子大喊大叫，总算把太阳从睡梦里给叨了出来。

雾轻轻地散了。这透明的早晨，我惊讶它的美丽，惊讶它未染一尘的纯净。尽管我知道这种纯净不会持续多久，但毕竟有这一刻，可以让灵魂自由自在地飞翔。不必担心欲望的烟将它熏黑，不必担心名利的枪口射穿它的翅膀，让它去与博大的自然作一次倾心的交谈。

今天的阳光真好，我想把身上的每个细胞都打开，让阳光进入。

所有的门窗都已打开，友善的阳光普照着我的每个角落，弹一段舒缓的曲子，翻开心灵的《圣经》……

清爽的风跟着阳光一起到我的房中散步，用一双慈爱的手抚慰我心中的神灵。一盆幽幽的兰花，在阳光的恩赐下散发着芳香。我的窗口迎来了许许多多的客人，蝴蝶、蜜蜂、瓢虫，还有一些我无法知道名字的小东西在慢慢蠕动，张开它们潮湿的翅膀，在阳光下晒着。

我把衣柜里的衣物统统拿到了院子里，让霉气在阳光里挥发，让透明的风拂去灵魂上的尘埃。

我把书房里的书籍拿到阳光下晾晒，让那些古人和圣贤的箴言警句在阳光下充满永恒的活力，让那一个个动人的故事在阳光下拥有更多的掌声与喝彩。

我忽然想起了那个黑色的箱子，许多年了，我一直不敢再开启它。那是一把把割伤我的刀子，一场场足以将我撕裂成碎片的爱情，我生命中的暗疮，我的阴影。

但是有阳光的地方就会有阴影，我们不可能甩掉自己的影子，除非永远地抛弃太阳。那么，就让我再一次开启这个黑色的箱子吧，把灰色的日子全部放飞，让激情重新回到我的掌心。

很多很多的信件安静地卧在箱子里，那是我用年少的时光葬掉的爱情。它们像一具具少女的美丽尸身躺在棺木里。我忽然感觉自己像一个卑劣的盗墓者，要盗取某些贵重的随葬品，但这种想法一闪即逝，因为阳光正在深入人心，透过那层层屏障，像一把利刃，闪着寒光，刺破人内心的种种顽症。

那些信件被我一字铺开，阳台像一个硕大无比的晾晒场，晾晒着陈年旧梦。那些万劫不复的悲剧，在阳光下被撕去一层坚硬的皮，鲜血汩汩直流，灿烂无比。而我，重新立在悲剧的镜子面前，看自己的伤口如何开成美丽的花朵。

太阳，云端的精神之父，每天都在给我们输血，每天都在给我们补充营养，我们没有权利不好好地活着，没有权利不去倾听他的教诲。

太阳赐予你伤口，就是为了让你懂得和珍惜伤口之上开出的幸福的花朵。

从现实的谷底爬起，向理想的峰顶爬去，我们在阳光下活着，推着巨大无比的石头爬到山顶，又滚落下来，然后再推向山顶，周而复始地重复着古老而又沉重的劳役。这是云端上的父亲给我们备下的作业，永远没有做完的一天。

不管怎么样，阳光永远是我们幸福的指向。纷纷飘下的落叶，漫天飞舞的蝴蝶与蜻蜓，或者冬天里一片片晶莹的雪花，都是阳光送来的请柬。

拾起散落一地的阳光请柬，去领受这份邀约……

一棵树娶了两棵树

院子里开满了樱桃花，二十几棵樱桃树晒出一片白亮亮来。风里没有花香，只有随风飞去的落瓣。记得小时候的花是香气四溢的，现在连花开也没了香味儿，或许是它们把爱意深藏了起来，发酵着，等到某一天厚积薄发，让那些香气铺天盖地而来，醉倒尘世几颗玲珑的心吧。

妻在春天的早晨忙活开来，像只贪婪的蜜蜂，飞在姹紫嫣红的院子里。当她一头扎进樱桃丛的时候，她也便成了一棵樱桃树，开了满身的花；当她抬头看着那刚刚醒来，在枝头不停地抖弄翅膀的鸟儿的时候，她也便成了一只鸟儿，满身满心挂着欢快。

多么动听的鸟鸣，无论多疲惫的身心，我都愿意被它唤醒。我不舍得在这么明媚的早晨睡下，尽管，为了创作，整个夜晚都被我点燃，被我高高挂起。我惦念着那些鸟，这春天的使者，它们是否会留下一封邮件到我的花园?

我喜欢这样的清晨。仿佛时间从未极快地将我们从天真里卷走，一切都还在老地方，还是老模样，我也只是个不会被任何速度打扰的孩子，睡眼惺忪地睁眼看了一下，又了无牵挂地安然睡去，继续梦着我的花儿和罐头瓶里的小虾……

想到自己的孩童时代，从每一个有鸟啼的清晨醒来，像一朵花儿悄悄张开。我们听到鸟儿的叫声，便觉得世界是和自己一起醒来的，欢闹着与时间一起飞向快乐。

已经很远了。刹那间升起缠绵的思绪，若不是窗外清晨里的鸟叫声，不可能让我一下穿越多年的遗忘，于过去的经历中捡拾回些许的碎片；已经没有当初的小伙伴了，也不能再与谁背着小书包，重走一段鸟儿啁啾，阳光迎着清晨的路。

还好有女儿在，她在延续我们走过的路。

妻在院子的空地上撒了很多菜籽，有香菜、臭菜、茼蒿、菠菜、生菜……到时候再把鲜嫩的菜一把把地送给邻居们。我们喜欢这样的院子，鸽子在房檐上咕咕地叫着，松弛着它们的翅膀，把阳光一片一片地絮进去。所以冬天的鸽子不怕冷，因为它们在春天的时候储存了大量的阳光。

不仅仅是樱桃花，我的院子里还有杏花。与那一片雪白相比，这里便是绯闻的中心了。粉色，让人想入非非的颜色，勾引了我的思绪。我想到和杏树有关的一场爱情：高贵美丽的古罗马皇后菲丽斯爱上孔武威猛的战士狄摩封，狄摩封跟皇后缠绵几个月，出征前夕答应一个月内回来，结果背信，“相思催人老”，皇后整日以泪洗面，以致容颜衰退，憔悴不堪。天神怜悯皇后痴情，把她化为一株杏树。胜利凯旋得知真相的狄摩封后悔不迭，抱枯树忏悔，一阵风吹来，枯树顿时开出无数杏花，幻化为皇后的倩影拥吻战士……

我不是狄摩封，却希望得到那些杏花的吻。

妻依旧在院子里忙活着，把我的早晨搅成了一锅幸福的粥。那株一直自由自在冒冒失失地长出来的山丁子树开满了花蕾，妻起了“杀心”，拿起剪刀，剪掉一个枝条，又剪掉一个枝条，一个一个的枝条落地，又一个一个被她捆绑上去。她把李子和杏树的枝条一起嫁给这棵幸福的愣头愣脑的山丁子了，“哈哈，美坏了它，一个早晨娶了俩媳妇。”妻大声地笑着。

也美坏了妻，一个上午“制造”了一场树的爱情。妻开玩笑说，别是制造一场事故就好。大概她在担心，这一夫二妻的风流树能否和谐美满吧。

妻唤醒女儿，要给她拍照。把她打扮成公主的模样，一会儿站到雪白的樱桃树旁，一会儿蹲到鲜粉的杏树下，仿佛要把整个春天都装进女儿的心里。

我开着窗子，看着春天的早晨发生的这一切。因为没有比日月更忠贞于昼夜的，没有比植物更忠贞于季节的。我想起去年的秋天，落叶簌簌，温暖而又感伤，它们的生命正走在我所不能见的轮回的圈里，它们离去，正是为了在这约好的季节携花而来。

落叶和新绿，似乎在完成某种交接的仪式，把生命通过泥土，一路承接过来。如此这般，生生不息。

不出所料，在我的花园，我收到了我的邮件。但我没有打开它，因为我熟知它的内容。春天的信使，怀着善念和慈悲，提醒着尘世的每一颗心：春天，别忘了种点什么。

当世界只剩下一棵树

我在夜色中掸掉身上的灰尘，试图去开始新的飞翔。尽力笑得和别人一样，尽力用五音不全的嗓子歌唱，尽力把地板擦得锃亮，使它能够映照生活的每一个细节，尽力把生活装点得更浪漫一些，天天如圣诞节一般。尽管我知道我已经老了，尽管打开和拉上百叶窗的时候，已不能带给我更多的惊喜和遐想。

但我仍旧会若无其事地与朋友们谈笑、喝酒，从一家饭店到另一家饭店，寻找更加鲜亮的人流，并向他们靠拢，寻找能坐得更久一些的椅子，并在这椅子上与幸福秘密签约。

百叶窗终于又合上了，我眼睁睁地等着明天来临，明天？明天又能怎样呢？能让我找到新的工作吗？能给这颗疲惫的心披上一件衣裳吗？能给徘徊不决的翅膀开一扇窗子吗？上帝拒绝回答，依然做着悲天悯人的梦，但我知道，我在拒绝颓废，我喝酒，但我绝不放纵，我在椅子里坐得久一些，但绝不消沉，我的心，我的世界里的最后一棵树，仍在向上生长，因为我依然拥有自己的阳光——家。

一想到太阳，一想到早晨就可以看到刚刚睡醒的爱人和女儿的脸，我便又快乐起来了。我从抽屉里抽出被公司解聘的文书，在凌晨之前将它撕得粉碎，并在灵魂里将它擦拭得了无痕迹。

许多潮湿的声音从途中归来，栖在橙黄色的灯下。爱人写过的情书在我眼前一一展开，女儿成长的每一个细节在我脑海中反复播放。我像一只在幻境中翩飞的蝶，一张被记忆点燃的纸片，我在自己的灰烬中拾起了丢失多年的钥匙，它能打开快乐的抽屉，像打开蜂箱一般放飞里面密密麻麻的生的乐趣。我找到了，这钥匙就是我那颗向着阳光生长的灵魂。

其实从月球上看，这地球并不大，生活亦如流水账般记录着一颗颗卑微的灵魂。情书和手纸，寻人启事和菜单，报纸和说明书，世界地图和糖纸，请柬和发丧的纸钱，熙熙攘攘，乱七八糟，可无论我们在昨天做过什么，太阳总还会出来的，生活仍在继续。我们要做的，无非是在生活的过道上丢弃或者拾起，已经过时的时装，已经被喝光的易拉罐。

没牙的变成有牙的，有牙的又变成没牙的，没完没了。我们就这样在颠来倒去中哭喊着诞生，古怪地活着，又莫名其妙地死去，而这便是生生不息。在这生生不息中，我们到底握住了什么？苹果吗？它们会腐烂。水吗？它们会蒸发。唯一不腐烂不蒸发的是爱，它是溺水时漂过来的一根木头，它是跌进山谷后从崖壁上垂下来的藤。

外面的阳光已经把生活搅成一锅粥了，可是我的爱人和孩子仍在睡梦中，我没有打开百叶窗，我不想吵醒她们，静静地看着这样的两张脸，她们如出一辙，都是被阳光打造出来的，我怎么能让自己的生命停止奔跑，怎么能让自己的灵魂停止追逐，向着芬芳的阳光？

太阳就站在高高的天上，那么安详，在它眼中，一切都是渺小的，包括诞生，包括死亡。

但绝不包括爱，爱永远是上帝撒向人间最好的礼物，就像笑脸为形，真金为色的向日葵，承载着一颗向上生长的心，在满世界里燃烧。让人们相信，即使这世界上只剩下一棵树，仍会有人去那树下歌唱，即使那树上只剩下一枚叶子，仍会有人对着它许愿，喃喃地说：让爱，把睡着的花儿们叫醒吧！

上弦月

上弦月，只陪你上半个夜晚，剩下的时间，留着给你回忆。

上弦月是一把剃须刀，刮掉了前半夜的忧伤。

上弦月，像根贴在黛蓝钟面上的时针，静静地照看着人们的时间。

“人的时间是多么少啊！”上弦月发出她的感慨，“去掉睡眠，去掉奔跑，属于快乐的时间在哪里呢？”

“而你又何尝不是？除了月圆之夜，其他的夜晚不是一样弥漫着忧伤吗？”

“不。我有我的快乐。上弦月的时候我有希望，下弦月的时候我有念想，我是快乐的。悲伤，只是人们强加给我的一件衣裳。”

随她怎么说吧，我依然固执地相信，这一抹凄冷的弯，是看透红尘种种悲欢离合后的一汪眼泪，是冷冷夜空中的一撇伤疤。但这并不妨碍她的快乐，就像每个啤酒盖都有被启开时留下的伤痕，但它们并不为此悲伤。

夏天的尾巴像壁虎，割掉了它还会再来。

越来越多的人，在越来越小的时候，心中就失去了一份光彩。叶芝曾写道：“人所听到、看到的事情，均为生命之线，倘能小心将之从混乱的记忆线轴上拉出，谁都可以用它来任意编织自己想要的信仰之袍”。似乎现在的我们正渐渐失去这样的能力。听到的，看到的，均被我们丢弃，无法引起兴趣。

什么都无法引起兴趣，但只有月亮是个例外。空空的世界，似乎也只剩下这个最后的月亮。她现在是弯的、单薄的。

我看到了我的月亮，就像葛朗台看到金子一样亲切。人说，有什么样的心，就看出什么样的月。我说，月是怎样的，心就是怎样的。

在发霉的时间里，心上长出了很多草。上弦月，一把适可而止的镰刀，帮我变得纯净。

走廊两边是不同的风景。左边是带刺的玫瑰，笑语盈盈。右边是暗淡的伤竹，垂头叹息。

快乐和悲伤，是生活同时带给我的两种天气。

就像隔壁两旁住着不同的邻居。白天打招呼的，是甜言蜜语。夜里来探访的，是寂寞空虚。

在寺庙里，一个青年男子对一个和尚说，现在，我一心想修佛。那和尚说，佛没坏，不用修，修自己吧。

就像看到这缺月，缺的不是月亮，而是你的心。

在一个城市里有两个伟大的哲学家，其中一个是有神论者，另一个是无神论者。他们两个都一直试着要说服城里的人。整城的人都被搞得很混乱，生活简直过不下去了。城里的人决定：“让他们两个人去讨论、辩论，然后谁赢我们就跟着谁，我们总是跟随胜利者。”所以就在那个挂着上弦月的夜晚，两个哲学家开始讨论和辩论，他们两个都是非常伟大的逻辑家，但是到了早上，整个城市陷入了更大的混乱，他们互相都说服了对方，所以那个无神论者变成了有神论者，而那个有神论者变成了无神论者，可那个难题依然存在。

争论和辩解是没有意义的，德彪西说："哲学家们总是分析、分析，冷冰冰地毁灭秘密。"现在月亮也处于这些争论者的中央，她是否会安然无恙呢?

无论如何，请不要把月亮叫作"有壳、幔、核等分层结构的星球"。

月亮没有标签，很多人都喜欢仰望她，向她倾诉衷肠。好人没有标签，很多人都喜欢向他们靠拢，取暖或者纳凉。

上弦月，她也常常割开我刚刚愈合的伤口。但她同时劝告我，生命，就是要通过失败去学习成功，通过羞耻去学习荣誉，通过落魄去学习坚强，通过叛逆去学习真我；甚至通过暴力去学习文明，通过战争去学习情感，通过血腥去学习嗅出一朵花儿的芬芳，通过死亡去学习内心的大开放……

当你听到敲门声再一次清脆地响起，站立的同时，微笑从你那小小的坚强的心中悄然升起。是的，你要微微含笑，让笑容从那痛处像生出的一朵花儿，让笑容从记忆中如同攀爬出来的一根藤。牵动你的唇角去微笑，给不幸一个另类的表情，为了你的骄傲。

你明白一些人总是要去的，一些人总是要来的。如果你的心已是满目疮痍的土地，就需要让另一个春天入驻。如果是因为春去时曾为你留下满地狼藉，你恰恰需要一个冬天的雪来将腐败冻结、覆盖。

上弦月是一把剃须刀，剃掉了那些烦恼丝。还给我一张虽然有皱纹但却洁净的脸。

请给我五分钟

记得那是去年的情人节，和女友一起坐车回家。劳累而烦躁的俗事让我们疲惫不堪。颠簸的客车卷起大片大片的灰尘，所有的眼睛都像是熄灭的灯，无数的心灵漆黑一片，整个车里的人，大概没有谁还记得情人节了。

我的眼睛是唯一亮着的灯，我的心灵春光无限，尽管车窗外面灰尘滚滚，我却依然努力寻找风景。

女友轻轻拥着我的手臂，微闭双眸。透过窗子，在不远的小山上我发现了一片盛开着的迎春花，在灿烂的阳光下，迎春花开得异常烂漫。

我轻轻唤醒身边的女友，对她说，看，春天来得真早。

“请给我五分钟时间，只要五分钟。”我走到司机身旁，请求道。担心他不同意，我答应他愿意拿十元钱来交换这五分钟。

大概是金钱的作用吧，司机答应了我的请求。

我迅速跳下车，朝那盛开着迎春花的小山坡跑去。五分钟之后，我气喘吁吁地回来了，手里捧着一束灿烂的迎春花，仿佛整个春天，都已经被我握在了手里一样。

我把这束花献给了女友。女友被这突如其来的幸福烧红了脸。

不知从什么时候开始的，车厢内响起了一片热烈而又持久的掌声。那掌声，好像在人们心底囚禁了许久许久，终于得到了释放一样。

所有的眼睛重新点亮，无数的心灵都普照着春光。

当我掏出十元钱要给那位司机时，司机拒绝了，他说："给我一束小花吧，我要送给我的妻子。"

我和女友将手中的花一枝一枝地分给车上的每一个人，然后由这些人送给他们的爱人、母亲、儿女……

在这个纷纷扰扰的时代，不要一味地去行走，必要的时候，让心灵停留，哪怕只有五分钟，这个时候，你会发现很多美的风景，会发现很多爱的故事。

一味地忙碌，让我们遗忘了很多美好的东西。

我们的一生都可能暗淡无光，但总会有无比精彩的瞬间留待我们去回味。

就像海伦·凯勒，要用整整一生来换取拥有视力的三天；像纳兰容若，他要放弃一生的荣华富贵，去换取与知心人的倾谈。

请给我五分钟，让我把爱的曲子弹完，让我把善全部撒给世界，让我用自己的身体再去为这个世界弥补一两个漏洞。

我向索取我生命的死神请求，请给我五分钟，让我再撒一些爱的花瓣，再还一些前世今生的债。

行走的风景，不行走的心

那一次去郊游，看到了笔直的松树、庄严的柏树，还有几个人合抱不过来的百年古树，那一刻，我看到阳光在茂密的树叶间闪烁跳动，像一串串不安分的正在成长的心。我的心里，顿时也有无数漂亮的词语在跳动，试图串联成一段段长短不一的精美的句子。我想，回去之后，一定要用我的笔记录下它们，记录下这一次心灵的行程。可是等我回去之后，接连不断的会议撕扯了我那份惦念着美好的心情，那些会说话的风景又被我抛之脑后，忘得一干二净。

朋友们问起那是些怎样的风景，我竟无言以对。“但我去过，我真的领略过那里的风景。”我对朋友们说，“不信，你们看，这是我从那里带回来的石头。”

我的抽屉里一共有三块石头，因为我去了三次。这就是我对那些风景的眷恋和全部的记忆。曾经让我心动不已的风景，最后却只能用一枚石头来替代。

这是大多数现代人的心态：有些风景，只要愉悦了我们的眼睛，快乐了一会儿我们的心灵，就可以了，不必将它们收藏到心灵的文件夹里，让本来就满满的心灵空间变得更加拥挤。

我们不能说这种心态不好，毕竟，在奔跑的尘世，你要追赶上一些东西，就必须甩掉一些东西。而他们在处理心灵的文件夹时，唯一要做的就是清空、清空，他们要让自己的心奔跑，他们不想有太多的羁绊。

但不是所有的风景都可以擦肩而过，有些风景是需要收藏的。哪怕仅仅是为了给你奔跑的姿势配一幅温馨的背景也好。

朋友旅游归来，带着一火车皮的疲惫和满满十几个胶卷。我问他看到了什么景致，他说都在照片上呢，自己看吧。他说他的脑海里除了人影还是人影，不停地晃动着。除此之外，没有任何印象。

据说英国科学家新发明了一种“神奇相机”，可以像项链一样挂在脖子上，它可以随时随地自动拍摄上千张图片，拍摄内容包括你遇到过的人，你去过的地方，你做过的事，你吃过的食物等。

科学家的意图或许是想帮助那些经常健忘或者记忆衰退的人找回失去的记忆。

于是有人高兴了：带上它去旅游，可以把所有的景致都照下来。

旅游的真正意义是愉悦身心，并不是仅仅带回几张图片，证明你去了多少个地方，那和到处都刻上“张三到此一游”还有何区别？那些照片，只是让一个人有了记忆，却丢掉了感觉。

有时候我经常问自己，面对美景总要留下点什么吧！哪怕一声赞美，哪怕几行或押韵或打油的诗，可是我们没有，我们仅仅是换了个地方继续着我们机械般的心灵游戏。

歌德在欣赏美景的时候，常常会把自己的心灵丢失，忘我地与大自然交融在一起。比如海德堡，歌德就说过，那是他将自己心灵丢失的地方。

是啊，面对美景，我们要学会将自己的心灵交出去。

我认识一个喜欢郊游的老人，他每每看到美景，有一个习惯就是美美地来上一段京剧。如果你在某个森林里，听到了那一声声韵味十足的京剧段子，那一定是他又看到了令他心仪的美景！他的表达方式是如此美妙，如此与众不同。

表面上看，我们在行走，风景静立不动。其实我们都错了，有时候，真正在行走的是风景，不行走的，是我们那颗日渐懒惰的心。

风筝的心

又到了放风筝的季节，可是我的城市上空却空空如也。莫非是与这城市结下了太多的仇怨，连云都躲藏起来，不肯给城市的天空一点梦想的色彩吗?

而我依然仰望，寻找那些飞翔的痕迹，寻找那只要一点点风就可以抖擞起精神来的风筝。

再次见到风筝，是在三月最破败的小巷。一些蓝色的白色的紫色的欲要飞翔的念头，被一群孩子稚嫩的小手牵着，轻轻地，飘在一人多高的风里。

孩子们必须奔跑，因为只有奔跑才可以带来风。

老人们说，放风筝可以放掉人心中所有的烦恼和晦气，只剩下美好的愿望。人们相信，这些用心灵里最珍贵的情愫扎出来的梦想之鸢，可以把种种美好的愿望传达给上天。

小时候没有卡通没有电脑，却有广阔的草地放风筝。如今，孩子们有了各种各样的玩具，却再也腾不出时间和空间纵情奔跑，纵情释放他们的梦想。所有时间都被各种补习培训填充，所有空间都被钢铁水泥占领。在这个简陋的巷子里，我看见风筝精疲力竭仍无法飘过城市的额头，气喘吁吁仍无法惊动半点尘俗。

当孩子们在巷子里终于跑累的时候，其中一个把风筝举过头顶叹口气说，有风多好，有风它就能飞上天空了。另外几个孩子也如泄了气的皮球，蹲到地上，不停地抱怨着——

风都哪儿去了？

风都哪儿去了？孩子的话不禁让我一怔。风，被高高密密的楼群阻隔在外面；风，被机器的轰鸣赶往别处；风，藏在遥远的记忆里；风，躲进有歌谣的童年。小时候，我的风筝可以放得比云朵还高。在那么高的天空上，我的风筝和白云窃窃私语，那是我儿时最美丽的花篮，一直在我的记忆里晃来晃去。

风筝飞不起来，然而它们却是这座城堡里唯一长着翅膀的鸟了。它们醒着，心怀世界上最单纯的愿望：只要一点点风，只要一点点可以飞翔的天空。

天空不冷清，风筝不冷清，冷清的只有风筝的心。风筝，这春天里的邮票，何时能为孩子们邮寄来春天？

不知为什么，看着这些无法飞上天空的风筝，我的心里异常难受。尽管这是一些廉价的风筝，用最普通的材料制成，两三块钱就可以在任何一个商店里买到，但我还是希望它们能飞起来。这种希望点燃我心中隐匿了许久的渴望飞翔的念头。我对孩子们说："明天早晨在这里等我，我领你们去一个可以让风筝自由自在飞翔的地方。"

那个晚上，我挑选了最结实的竹签和最漂亮的桃花纸，精心制作了一个美丽的风筝。这是对童年的牵挂，我尽可能地将生命中所有美丽的色彩都绣到风筝的翅膀上，再扯一根长长的思念的线牢牢拴住它。我知道，我的童年不会走得太远。

风筝上的那些花朵，鲜艳得就像那群孩子的脸。我仿佛听见风筝在说：

给我一点点风，给我一点点与梦有关的颜色。

第二天一大早，我带上亲手制作的风筝领着孩子们去了广场。广场上人头攒动。孩子们小心翼翼地打开风筝，小心翼翼地打开自己，然后奔跑、奔跑，风来了！风筝飞上了高高的天空！

我手中的线轴飞快地旋转，我的风筝追上了云朵，正在向它打听童年的消息。

很多人站在那里不再走动。很多人仰起了头。很多人高声喊道："快看，多美的风筝！"

那一刻，我感觉到，适合风筝飞翔的风来了。那些安静的、优雅的心灵回来了。

其实，它们从来就不曾丢失，只是有待呼唤。

安徒生的信使

那天，放学回家的女儿怯声地对我说："爸爸，我的《安徒生童话》让同学'借去'了。"我应了一声，没再说什么。"都有两个多月了。"女儿补充说。"谁借的？为什么这么久都没还？"听女儿这么一说，我好奇起来。女儿说出了缘由。原来，这本《安徒生童话》在两个月以前就从女儿的书包里不翼而飞了。"你为什么不告诉老师？"我不解地问。"如果老师真的找到'小偷'，那他以后在班级里怎么待下去啊？"女儿的善良感动了我，那本书虽然只值十几元钱，但这份善良是无价的。我不但没有训责女儿，反而跟女儿站在同一条线上，安慰她说："也许这位同学有他的苦衷吧！"女儿说："我也觉得同学不是故意拿走的，可能他和我一样，太喜欢安徒生了吧！说不定哪天，就偷偷还给我了呢。"我肯定地点点头，表示赞同女儿的看法。

女儿的善良令我感慨良多，她虽然是个孩子，但已懂得遇事先想一想，放一放，给他人一个醒悟的机会；知道关爱他人，尽量避免伤害。这种善良的品质是多么难能可贵，对孩子的一生都将很受用。在我的记忆中，我似乎没有特别对孩子进行善良教育，或许是因为女儿天生的善心，更或许是我们的善良行为潜移默化地影响了女儿。

比如，在看到其他孩子犯错后，即使女儿是受害者，我也会提醒孩子的家长说："您可不能骂他，更不能打他。孩子还小，都会犯错的，教育教育就行了。"因了爸爸的宽恕，女儿也就不计较了，常会对着欺负自己的小朋友说："这次就算了，下次可别再打我了。"

爱人喜欢小动物，看到外面的流浪猫都百般怜爱，每次吃剩的食品都要用袋子装好，然后找时间带女儿一起去喂它们。受了妈妈的影响，陪同的女儿也有了一颗仁爱的心。一次，还边看猫吃食边将面包渣放在小蚂蚁的洞口，并很有成就感地说："这些够小蚂蚁吃一个月的了。"天真善良的女儿竟连蚂蚁都要去爱护。

一次，女儿和爷爷在车库里抓住一只误撞进来的小鸟，欢喜得不得了。拿出之前养过鹦鹉的笼子关了起来，每日里喂米灌水，视为宠物。可是小鸟却不待见，每天在笼子里左冲右突试图逃出去。爷爷受不了鸟儿那哀怨凄恐的叫声，于是开始给女儿做思想工作，说小鸟想妈妈了，而且鸟妈妈找不到孩子，多伤心难过呀。女儿沉默了一会儿，终于心一横，把鸟儿拿到阳台上放飞了。要知道，她是多么喜欢这只扇着绿色翅膀的翠鸟啊！

女儿是听着安徒生的童话长大的，更是在我们为她营造的安徒生童话似的环境中成长的。她那小小的心灵，一点一点，被童话、美好、善良浸泡着。终于有了把这个世界变成童话的信念，像是安徒生的信使，用最美好的语言描述这个世界，用最艳丽的色彩勾画这个世界，为世人传递善良和爱的讯息。

一个健康的孩子就好比一棵树，必须以善良为根，正直为干，丰富的情感为蓬勃的枝丫，这样才能结出美丽善良的果子。善良的情感及其修养是人道精神的核心，必须在孩童时悉心培养，否则难有效果。不一定每一个人都能成为科学家，但每一个人都可以成为一个善良的人——给别人带去快乐，因而自己也快乐。

每个孩子，都是安徒生的信使。那颗小小的，行善的心，不容许任何人忽视。

离春天一步之遥

我刻意经过那个邮局门前，只为了看一眼那个奄奄一息的老人。听人说，他的脚腐烂了，连骨头都露在外面。我没敢走到跟前，只是远远地望着，我怕那些脏物会将我的慈悲赶跑，连同我的怜悯，一道落荒而逃。

他在那里一动不动，盖着一件破衣裳，如同死去一般。

老人附近有两个绿色的邮筒，被雕刻成天使的模样，装了翅膀，仿佛随时可以离地高飞。一封封信安静地躺在里面，如同躺着很多颗心：少年相思的心，少女怀春的心，慈母念儿的心，游子思乡的心……天使会带着这些心飞到它们想去的地方，不管春夏秋冬。

过了很久，我听到一声轻微的咳嗽，是他发出的。仿佛死亡的门偷偷留下的一道缝隙，让这属于生命的咳嗽声响亮起来。那个早晨的阳光灿烂无比，暖暖地照着他，似乎令他感到了生命中尚存的一缕温柔。他微微欠起身子，竟然望着太阳咧开嘴笑了。纷纷扰扰的行人在他身边不停地穿梭行走，一些人停留驻足，摇摇头，甩下一声叹息又匆匆走掉，转过头去，阳光依旧荡漾在脸上。

后来就下雨了，莫名其妙的雨来得迅疾而猛烈。老人把身子缩成了一个句号。一对情侣在不远处欢呼着，按他们的逻辑，这场雨是有来头的，因为那女人对男人说，爱我，拿什么证明？除非你能让这大晴的天立刻下雨。果真，雨下起来了，稀里哗啦的，没有任何征兆地倾泻下来。

我看到对面最高的楼层上，那个男人正举着水管向下面洒水，对爱情进行人工降雨。女人欢欣雀跃，被男人故意制造的浪漫感动得一塌糊涂。

老人头上的雨，像发了狂的洪水，冲垮他心中最后一道堤坝。

浑身湿透的老人不停地打着冷战，好在阳光是慷慨的，一寸一寸暖着他的身子。

令人感到不解的是，这样一个已完全丧失行走能力的老人，却在身边整整齐齐地放着一捆行李，而且是极其干净的。他无法行走，只能靠路人的施舍来延续自己的生命，死神像风一样随时都可以将这根老迈的蜡烛掐灭。夜深的时候，凉意像歹徒的刀一样贴紧肌肤，他却依然舍不得铺开那套干净的行李，用它御寒。

我想，一定有一个绿色的希望在老人的心里生长着。或许他依然梦想着奇迹的发生，希望有一天自己能站起来，用这崭新的行囊给自己暖一个小小的窝吧。

我揣着怜悯，站在离他五米远的地方，感受着一个气若游丝的生命。

阳光依然灿烂，一个孩子试图将一封信投进邮筒，可是他太小了，使劲踮着脚也无法将信投进去。老人用手撑着地，艰难地挪到孩子跟前，用尽全身的力气托举起那个幼小的身躯，一封信就这样生出了翅膀，一颗心就这样开出了苞蕾。

“爷爷，你怎么不能站起来啊？”

“爷爷生病了，没力气了。”

“那我扶着你。”

“瞧你这小不点儿，还没我蹲着高呢，怎么扶我啊？”

孩子和老人都笑了。那绿色的天使邮筒，在阳光下又像是一棵郁郁葱葱的植物。在这个万物生长的季节，很多人忽略了一样弥足珍贵的东西——爱，近来的收成不是很好，常常青黄不接。

邮筒之所以是绿色的，就是因为它会给人带来希望。它挺立在那里，帮人传递着亲情、友情和爱情，而那个无法行走的老人，他的春天，却永远无法通过邮筒传递出去。

我来是为了什么呢？我开始扪心自问，难道是仅仅想对他说上几句安慰的话吗？我怎么没有想到，与其给他满身满心的怜悯，不如给他一支廉价的消炎药更有效呢。

他的春天，无法邮寄，而我的忧伤，又何尝不是？

我的记忆中始终收藏着这难忘的一幕，他用两只手支撑着向前移动。那两只手，是两枝发育不全的树枝，吐不出新芽。他在离春天很近的地方，一步之遥，但就是无法到达。

每当我想起这个不放弃希望的老人，都会引来一阵心痛。那来自于灵魂深处的忏悔，就像我的风湿病，常常在雨天让我周身上下都渗出冷冷的汗水。

雨水

她终于肯理会我了吗？我支棱着耳朵，努力探听那滴答的雨声。是她来了！只是，她敲的不是门，是窗。

——雨水

每段青春，都是一截奋不顾身的蜡烛

那时候，什么都肯放掉，就为了那些新鲜的，刚刚开始品尝的恋爱的味道。

毫不吝惜地，把自己燃烧掉。挥霍和放纵，总不该放在同义词的床上，挥霍是洒脱的，而放纵却带着一丝忧伤。青春时光走得最快，就像那些奋不顾身的蜡烛，在妖娆的夜里舞蹈、尖叫，耗掉了生命里最珍贵的元气。

或许是青春的脚步太过迅疾，还未准备好时就已要去迎接。总有人会承受不了，于是偏离了轨道，甚至忘掉了曾经一起并肩的美好。我们用叛逆去遮掩内心的苍白空洞，叫嚣的背后是对成长的困惑。

青春，是一个多么诱人的字眼。多少奇迹都在那里打好了包，准备邮寄。不施粉黛，素面朝天的女孩，把快乐打进旅行包里，浪迹天涯。如果她开始忧伤，那便是恋爱了，那忧伤便也是始料未及，排山倒海般的。这年少的愁思，一波又一波，正如年少的惬意，也总是一浪高过一浪。

青春里有多少快乐，就有多少忧伤。而那些忧伤，是多么纯净，多么美好。这里的忧伤，大多来自于暗恋。暗恋总是痛苦的，因为一个人被蒙在鼓里，而另一个备受煎熬。思念在心中如藤蔓般缠绕，随着时光流逝渐渐枝繁叶茂。但很多人执着于这种暗恋，不能自拔。

还有，就是烈酒里掺着温柔得让人蚀骨断肠的洋酒的那样一种情感，不被认可的、惊世骇俗的、阳光普照却又走投无路的情感，都属于这个范畴。青春是无所畏惧的，年轻的侠客侠女们遇到这样的情形，自然会心有灵犀双剑合璧，向束缚他们的世俗发起挑战。最具杀伤力的一招是“私奔”。这“私奔”的绝学从卓文君那里传承下来，正在被他们不断地发扬光大。女作家乔叶在她的小说《从窗而降》中这样阐述了“私奔”的概念：“私奔。私的舌尖音低婉灵俏，奔的爆破音明朗决绝。俨然就是一阴一阳，一女一男，在月黑风急的夜晚，手手相携，背井离乡。张皇中夹着甜蜜，纷乱中含着凄艳……暧暧昧昧的一堆意思，被精简进两个字的框里，却没有那种猥琐卜作和浑浊不堪……”

曾经的颜色，总是冷的。像是除夕过后清晨的老街，烟花燃尽，满地是爆竹的碎屑，散发着淡淡硫黄味的洪荒。

时间是一个不折不扣的盗贼，偷走了我们太多的东西。

那些曾经，我们自觉或不自觉地一边丢弃一边缅怀，理由是，我们要向前走。等有一天蓦然回首，灯火阑珊处只剩灯火阑珊。我们是舍不得那些不谙世事爱憎分明的年少，还是不太愿意面对世故漠然的今天？失去的总是美好的，所以才会有那么多人无可奈何地恋恋不舍频频回头，只为一个每年都有却再也没有当年味道的盛夏。

你的曾经里有到不了的天涯，我的曾经里有回不去的故乡，他的曾经里有带不走的身外情，她的曾经里有醒不来的梦中人。原来我们都曾拥有“曾经”二字，那些曾经，便是我们逝去的青春，散着淡淡硫黄味的熄灭后的烟花。昨日不可回，就好好珍存吧，捕一点意境，捉几个清丽的词，写一封给昨日的情书，给自己的情书。

这个世界没有什么是应该被忘掉的，就算是受伤也是一种经历。我们却总是习惯在旁人的追述中，才恍然记得自己错过了什么。佛说，弹指一挥间。每段青春，都是一截奋不顾身的蜡烛，只管纵情地燃烧，不去顾及，悔恨的潮水是否已没及脚踝。

这生命啊，曾如一粒豆子圆圆满满，跌跌撞撞，到处打探世界的音息；

这生命还将继续，如一条蛇，蜿蜒而冷峻，那是成熟的残忍；

这生命还将如一片叶子，终生漂泊，只剩下叶落归根的奢望。

明天，我会在哪只鞋子里

鞋架上摆满了形形色色的鞋子。

晚上临睡前，妻子照例在那里亘古不变地喊道："明天你穿哪双鞋子？"不管有多累，她都要帮我把鞋子擦好，不让它有半点灰尘。她常常和邻居们炫耀：俺家男人是个体面的有身份的人。

体面的有身份的人，就必须穿锃亮的皮鞋。我经常能在那锃亮的鞋面上照见自己同样锃亮的分头和油光锃亮的脸。明天的会议很重要，必须有饱满的精神，而皮鞋无疑是能够让人提起精神头的得力工具。它是你光辉形象的基石；它会让你昂首挺胸，气宇不凡；它会提高你谈判的成功率；它会增强女上司对你的满意度。

生活千变万化，意外层出不穷，你要准备很多双鞋子，以备不时之需。那些鞋子载着我奔跑，和风对比速度，那些颜色各异的鞋子，承载着我颜色各异的梦。每一次都义无反顾，毅然决绝。不顾背后的惊叫、叹息和哀伤。

我一直奔跑着，向着灯红酒绿，向着纸醉金迷，向着一片片海市蜃楼。

那些虚构的美，足以耗尽我一生的月光。

每一双鞋子都代表了我的行程。那双雪白的会飞翔的运动鞋，是周末要穿的。因为要陪客户去打网球，或者陪上司去登山。而拖鞋就像是脚的睡衣，让脚惬意地休息。脚趾们心情愉悦地互致问候，陪主人或看电视或是冲凉，其乐融融。

解放鞋都是绿色的，再鲜艳我也不会再穿它，它是土气的象征；懒汉鞋穿起来简便，不用系鞋带，不用拉拉锁，与懒汉的生活习性完全吻合；靴子是脚的牢笼，不到万不得已，我是不会穿它的，它会让我的脚趾们拥挤不堪，怨声载道。当然，现在它们都不可能在我的鞋架上，它们在我的记忆里。记忆里当然少不了草鞋，那是忆苦思甜的活道具。我想起了洪烛先生写过的一篇文章《我的灵魂穿着一双草鞋》，他说："我的灵魂穿着一双草鞋，时常选择夜深人静逃离这座布满齿轮的城市，到远处的山野寻觅昔日的空巢。那里有小桥流水、鸟语花香，那里有祖祖辈辈刀耕火种的痕迹。灵魂需要一双合脚的鞋子，它随时愿意以浮名虚誉作为交换。这样即使跋山涉水、风雨兼程，它也无怨无悔。"是的，我想我也是，与我那名贵的双脚相比，我的灵魂要简陋得多。正因为如此，当我的身体奔跑在欲望的高楼广厦间时，我的灵魂依然钟情于跋涉在乡间小路，去自由地呼吸没有被污染的空气。

我的鞋架上都是名牌的鞋子，妻子总是不厌其烦地告诫我，你是个体面的人，要穿体面的鞋子。她宁肯省下买化妆品的钱，也要为我买双体面的鞋子。

她说，鞋子就是男人的战马，冲锋陷阵，靠的就是这个派头。我佩服她这精妙的比喻。

有一日在梦里，梦见自己尿急，面对琳琅满目的鞋子，急得大叫：老婆，我该穿哪双鞋子？——滑稽！

也有那样的鞋子，一生都被我束之高阁。如同那些我来不及翻阅的珍爱的书籍，在时光的抽屉里落满尘灰。因为不行走，那样的鞋子就成了摆设，失去了它的意义，而我不能舍弃。

忧郁的海子大概是累了，不想再奔跑了，就写下了他的诗歌《明天醒来，我会在哪只鞋子里》，海子说：或者我的脑袋是一只猫，安放在肩膀上……海子说：成群的阳光照着大猫小猫……海子说：老不死的地球，你好！

忽然同海子一样，也感到累了，我已经很老了吗？竟然在还年轻的时候就丧失了行走的勇气，失去了对远方的憧憬。竟然更愿意在熟悉的地方终老一生。

脚是鞋子的翅膀，路是鞋子的天空。鞋子的奔走也是一种飞翔。

而现在，我只想沿着一条安全的路走，我不想让我的生活节外生枝。红灯停，绿灯行，走人行道，过天桥，我开始喜欢规规矩矩地生活，在一个固定的轨道里，探求幸福。

想对海子说，其实老不死的不是地球，是我们奔腾不息的欲望。

粉色、红色、紫色、蓝色——今夜，我会在什么样的梦里？

欲望、理想、信念、爱情——明天，我会在哪只鞋子里？

丢失的小巷

狭长狭长的小巷是城市的咽喉，咽不下大悲大喜，吐不出豪言壮语。只有锅碗瓢盆碰撞到一块儿，交织出普通人的命运交响。

狭长狭长的小巷是城市的脉管，里面蠕动着质朴本真的生命。有宁静浸你肌肤，有祥和润你肺腑，阳光在巷子里穿梭，像一条晶莹的小溪，涌在我们的面颊和脊背上，试图与我们的血液汇拢。

巷子里的人，多是穷人。为了省一毛钱和小贩们斗智斗勇婆婆妈妈，为了那点微薄而又经常迟到的工资把自行车累得腰肌劳损哼哼唧唧。

巷子里的人，多是俗人。他们不懂小资情调，不懂波希米亚，不懂小资女人们为什么要花那么大的价钱买化妆品，在他们眼里，那个价钱是半年工资，一百斤猪肉。

明天，这个热闹的小巷就要消失了，取而代之的是高耸的楼房。巷子里的人们都将住进一个个精美的鸽笼，彻底断绝与这巷子的血缘关系。巷子，这贯彻整个城市的浅浅的河流，就这样中断了。我们再不用担心骑着单车下零点班时路过这黑漆漆的“隧道”，再不用担心在黑暗的掩护下，滋生出罪恶的念头。但是巷子没了，我们总觉得缺了些什么，像嵌入我们生命中的某种东西忽然丢失了一样，让人多少生出些莫名的惆怅来。

巷子没了，邮递员绿色的身影莫名其妙地也跟着失踪了。今天，我们是否还有信在路上？城市在变迁，变得日新月异，变得五彩缤纷。楼房公共汽车大排档以及音像店，那是从前的城市，今天的城市有更新鲜的东西，网吧迪厅健身房，按摩桑拿泡脚屋。只有我没有改变，依然如喑哑的蓝天那般忧伤，透明的水晶石般冷冷地搁浅在城市的橱窗里。任外面下着雨还是飘着雪花，任外面的人是衣衫褴褛还是披着婚纱。当忧伤把漫天的雪花都变成信笺的时候，一切欲望、虚荣和疼痛便都在我的手心里融化了。

巷子没了，撑着油纸伞，丁香一样忧郁的姑娘不见了，拎着灯笼满巷子疯跑的孩子也没了。那些在风中“咿呀”作响的厚重的木门没了，一家人兴高采烈手忙脚乱地贴春联的场面便没了，跟在一长串鞭炮后面炸出来的欢叫声也没了。董桥说，这是个没有童谣的年代。我真想找个罐头瓶子，在里面点上半截蜡烛，拎着这个再普通不过的灯笼在巷子里重新奔跑一回。

怀念巷子，是因为它流淌着真实的风。阳光是真实的，笑脸是真实的，柴米油盐嬉笑怒骂都是真实的，这里的一切因真实而可爱，他们热爱生活，比太阳起得早，在城市的海面不停不停地翻卷着激情的浪花。

怀念巷子，还有一个原因来自于对楼房的恐惧。在那些高高的办公楼里，我仿佛变成了另外一个人，戴着面具的人，精心策划着一幕幕闹剧。防盗门越来越厚，防了贼也隔绝了人心，人们守着各自的鸽笼，拒绝交流也囚禁了自己。

巷子没了，记载着我的出生、童年以及恋爱和婚姻的一本手册就要被撕毁，我却无力阻止。这是城市发展的必然，它厌弃古老陈旧的东西。

巷子没了，城市拥挤不堪，人心却空阔了。

在与巷子相依相偎的最后一夜，从街头到巷尾，再从巷尾到街头，我不停地走动。没有人看见我溅洒在风中的泪水。甚至，我是偷偷摸摸出来踱步的，深更半夜像做贼一样，怕别人看见。我做错事了吗？我只是在用自己的方式怀念，怀念这里曾经发生过的一切。包括爱，包括憎恨。我想把儿子叫醒，给他做一个灯笼，陪我最后一次把巷子的血管疏通，又怕被家人讥笑为神经质。儿子的玩具太多了，变形金刚，蜡笔小新，花样翻新层出不穷的游戏卡，他是不会懂得那个普通的灯笼对于我的意义的。

我只有一个人不停地走动，月亮躲到远房亲戚那里，不肯给我一支烟。我想，明天的黎明对于一个怀旧者来说是一个黑夜，但是它必然来临，无可阻挡。

长不大的雨点

雨就那么一直下着，没有一点儿停下来的意思。雨天，是想念朋友的时间段。当一滴雨溅落到额头的时候，一些往事便会被记起，令我疾驰的脚步慢下来，高扬的手臂垂下来，像捧着一张年代久远的亲切的照片一样，回过头，仔细打量着身后那些逝去的人和事，心不觉间就有了盈盈的暖。

顽皮的雨点，在我的生命里旋着小小的舞步，用慢四的旋律，带着我回到那些年少时光。

雨，在我四岁，懂得用眼睛欣赏这个世界时，就那样逍遥自在，在地面上玩耍，不停地溅起一个个小水泡，或荡起小小的涟漪……现在我长大了，雨似乎也开始心事重重了。许多时候我再看不见它的明亮，它总是被人们贴上抑郁的标签，比如那个打着油纸伞，结着愁怨的丁香一样的姑娘。当雨被赋予了哀愁的时候，雨就老了，它落到地面似乎也不再是为了玩耍，而是在清洗地面上的污浊，它开始有了责任，有了成人的烦恼。可是，当我看到楼道尽头的护栏处，有个十四五岁的孩子，正在一动不动地托着腮帮看雨，仿佛我四岁时那种痴迷的样子。他使我相信，四岁或十四岁，从来都没有从这个世界走掉。雨没有变，还是那些顽皮的不知愁苦的雨点，其实它们从来就没有随着我们的年龄而长大。

雨，永远都是个孩子，但愿，它能把我的心也滋润得年轻一些吧。

孩童时，我们可以不知悲伤为何物，一味地顽皮、嬉戏。快乐很容易，和同龄的孩子一起疯跑都是一件高兴的事。孩子有孩子的天真，问一些古怪的问题，用无辜的双眼望着被打碎的花瓶。我们没有烦恼，那是大人的思考，我们可以只想着明天去哪里荡秋千，和谁去堆雪人。我们愉悦，是因为我们什么都不明白。

进入社会后，我们被逼迫着去看清很多事。有些人学会官场上的钩心斗角，有些人拼命地跳槽往上爬，有些人勤勤恳恳地工作却仍因为不懂社会规则而被迫离开，有些人被人欺压过完一生……我们在长大的过程中，不停地丢掉东西。我们被无形的牢笼困住，挣脱不得。这个世界就是这样，我们每天都在用别人期待的模样与真实的自己作交换，以便在社会上顺利生存。在不断的交换过程中，我们慢慢屈服、麻木。我们做着不喜欢的工作，假意奉承不喜欢的人。在被迫前进的旅途上，我们甚至丢失了最珍贵的一切，直到渐渐蜕变，融入人群。官场、商场、情场，全是战场，宴会、酒会、约会，只是一幕幕化装舞会。

青春岁月总是最让人怀念的，你在那段时光中结识了最多的朋友、付出了最真的情感，渐渐长大，明白事理。我相信，当我们老去时，最怀念的一定不是那些追名逐利却身心疲惫的日子，而是饱含着最纯真的情感的那些时刻。

所以有时我想，其实我们的人生最需要的反而不是那些华丽的、气势非凡的大片，而是那种能带领我们重回年少单纯岁月、让我们的灵魂如沐春风的那种小片子，我甚至可以不管其中某些不符合逻辑的、有些毛躁的小细节，因为那里面满是曾经的自己：稚嫩却无比快乐着。把你的人生拍成这样的电影难道不好吗？不被道德、正义、现实社会等一些沉重的字眼压迫，放下所有的包袱，轻轻松松地和最初的梦想融合一回。

我和朋友说起，我们在成长的过程中慢慢失掉了孩子的天真。朋友说那并不是失去，而是被埋在了心灵的深处，总有一天会浮上来的。只是我想，如果它被掩盖得太深，落满灰尘，那么浮上来时是不是也会不易被察觉呢?

还好，一场雨下得多么及时，它洗掉了那些灰尘。感激这些雨点。如果我的脑壳是一扇封闭了许久的门，那么这些急促的雨点儿，是多么难能可贵的敲门声。

还好，雨点儿没有长大。

一生只有七天

上帝创造世界用了七天，我们的一生其实也只有七天。

第一天，光来了，你看到了世界。

你看到天空，看到那些储满泪水的云；你看到鸟，看到它们色彩斑斓的翅膀；你看到早晨，看到那些忙碌的人群；你看到花朵，看到搬运花香的蝴蝶和蜜蜂；你看到水，看到与水相依为命的鱼；你看到月亮，看到月亮里那棵忧伤的树；你看到星星，看到星星下面随风飘荡的萤火虫……

光把整个世界呈现在你面前。光来了，你的希望正在破土发芽。

第二天，你要知识，因为你要解释自己看到的一切：为什么地上会长出青草，会长出各种各样的花？为什么树上会有果实，叶子为什么会落？为什么人有生老病死？为什么月亮会有阴晴圆缺，变幻无常？

你学习。你有了信仰。

学校是你的天堂，一个太阳不落的地方，那里生长着一棵高大的梧桐，挂满了五千年的故事。

第三天，你要工作。你的肩膀要扛起生活。你要用劳作创造价值，用双手堆积自己的财富。你用自己挣来的第一份工资给母亲买了一条围巾，给父亲买了两瓶好酒。你第一次陪父亲喝酒，聊你工作的第一天，新鲜、兴奋、激情澎湃。

因为工作，你与这个世界更近了。每一个早晨都那样清新，每一个黄昏都那样灿烂，在劳作中，你呼吸到了最新鲜的空气。

第四天，爱情来了。一生中你别想绕着它走，你躲不掉它。不论是在幸福的沙滩还是苦难的泥沼，爱情总会尾随而至。你哭泣，它会递给你手帕，你欢笑，它会为你谱成乐曲。

爱情有时候难以琢磨，有时候又像一张娃娃的脸：单纯、洁净。

第五天，你组建了家庭。你有了自己的孩子。你有了责任，你的生命不再是你自己的。其实早在你降生的时候起，你就已经没有权利不珍惜你的生命了。

父母给予生命，夫妻相依为命，而孩子，是在延续我们的生命。

第六天，回忆来了。你从舞台上退到幕后，像那颗兢兢业业站好最后一班岗的门牙。其实一个人经历得越多，老的时候就越觉得幸福。年轻时靠希望活着，老的时候，就要不停地去啃回忆的奶酪了。

人生是个很大的篮子，我们要不停地往里面放一些回忆。篮子越满，越证明你生命的丰盈。当你老的时候，不论那些回忆是快乐还是忧伤，它们都是幸福的。那些经历过的人生啊，只要随便扯下一块，都够你回味很久，伴着一把折扇，一壶淡茶，在藤椅上慢慢地消磨着一个下午。

第七天，你要休息了。生命的最后，你把自己也装进了篮子，作为幸福的一分子，留给别人做个念想儿。

死亡不过是挪了一个窝而已，从这头到那头，然后，重新开始，诞生，接着死亡。躯体去了，灵魂仍在，依附在一朵花或者一枚落叶上面，依附在一片云或者一声鸟啼里。生命是共享的，其实整个世界只有一个生命，我们都是它的细胞。

一生只有七天。看似漫长的人生其实很短，它正好是一个礼拜的过程，爱我们的人，已经用祈祷铺好了你要经过的每一条路。

那么，揣好我们的爱，上路吧。

做一朵花的知己

我有一个邻居，养了很多盆花。每天早上，他都会一边浇花一边哼着韵味十足的京剧，乐此不疲。有一天，我问："你总是美滋滋的，天天有喜事吗？"他笑着说："你看看，这花儿又美又欢喜，让我每天都生活在春天里，能不乐吗？"

我的心底微微感动了一下。

记得在俄罗斯留学的时候，有一次过情人节，我从一个老妇人那里买了一束玫瑰送给我的情人叶。但因为我们之间的裂痕无法弥补，叶当着我的面扔掉了那束花。没想到老妇人竟然从后面撵上来，把钱退给了我，并马上从地上捡起那束被遗弃的花。

她轻轻摩挲着玫瑰花瓣，掸掉花上的每一粒灰尘，无比怜惜地说："我给每一束花都许过愿的，都有真心的祝福啊！你们怎么就扔了呢？你们不配做这束花的主人。"

我和叶面面相觑。我们不仅伤害了一束花，而且伤害了一个护花使者。

还有一幕场景，我曾在不同场合一再提及，以至于朋友们都认定其中的少年就是我本人。

那天阳光灿烂，人潮涌动，车流不息。人街的中央，躺着一捧鲜红的玫瑰。一个少年焦急地要去将它拾捡起来，但是车来车往，他无法前行。终于等到机会，他抢步过去，玫瑰已被压碎。少年一点一点拾捡着满地的花骸，慢慢捧起那些受伤的花瓣，久久地握在手心，竟然当街而哭。

直到现在，我仍然时常为这个场景怦然心跳。

由此，我完全理解了黛玉葬花时的凄切，也理解了“护花使者”这个名词的美好。

英国文学家王尔德有一天走进一家花店，要求把橱窗里的花取出一部分。店里的人照着他的要求去做，并问他要买多少。王尔德说，我不想买花，只是我看它们太拥挤了，怕它们被挤坏，想让它们轻松一下。

一日黄昏，我看见邻家二嫂扛着锄头，手里拎着一袋菜籽，向园子里的那几棵月季花逼近。我想月季花定是要大难临头了。情急之下，我大声喊道：“铲掉月季花要破财的，你知道吗？养花会带来好家运的。”看着我认真严肃的样子，二嫂竟信以为真了，那几棵月季花就此逃过了一劫。

当我在窗口望着那些花时，总能感觉到它们对我点头含笑。

那一刻，花是我的红颜，我是花的知己。

我在努力抱紧月光

这个夜晚可以触摸。

月光穿过树枝的筛子，落到我的身上。那是彼此爱着的月光，年轻的月光，浪漫的月光。

我在努力抱紧月光，却无法驱散上弦月的忧伤。尽管我知道，守着月亮，可以慢慢把悲苦的时光挨过。

那么美的月亮，也有她不为人知的苦难。她用洁白掩盖伤口，她用光亮驱逐孤寂。她试图给我们的，总是她的笑脸。

生活是一团乱麻，线头揣在每个人心里。

年轻的我们，可能会犯很多错。一个接一个地去伤害别人，再绕道回来伤害自己。

我闻到了老故事里的膏药味。更确切点儿说，是狗皮膏药的味道。回忆总是婆婆妈妈没完没了，韩剧仍然是女主角在第八集打了一个喷嚏，打到第八十集才抽出纸巾来。

记忆中的面貌模糊不清，片刻心动后又重新归于平静，所有感情都无疾而终，也许这就是生活吧。有人抱着当歌手的梦想在工厂里默默打工；有人奉子成婚，内心却波澜不惊地爱着另一个人；有人苦于爱人的花心，每天尾随着，捕风捉影；有人花钱大手大脚，过早地花掉积蓄而不得不出去打零工；有人把自己的爱写得很尖刻，满不在乎的语气中难掩悲壮的清醒；有人把自己的爱写得很缠绵，徘徊痛哭处，都是情感无处可归的尴尬和茫然。

爱太难。因这世上与爱相较量的东西太多！

我们能做的只有徒劳的记录，以此证明我们确实在这世上存在过。

生活不是为了在历史上留名，在别人的心中刻下自己的碑。因为你不能选择千百年后文字里淘汰掉谁的名字，也不能享用离开人世后你所不能见到的祭祀……

我在电脑前写作，妻子看着我的后背，说，你老了。弯腰驼背，赘肉横生。她问我，你怕老吗？我说，不怕，我在努力抱紧月光。

我们的身体，就像一件青花瓷。因为年轻，闪着蓝色的光泽，甚至比月亮更美。但我们在渐渐衰老，光泽在慢慢褪去，隐藏在岁月背后的忧伤一股脑儿地涌出来，将我们慢慢地往前推，一直推到月亮跟前。还有些话要和月亮说，比如一些没能圆满的遗憾，比如一些没能承诺的誓言……月亮掏出手帕，安慰着一颗易碎的心："去吧，我在这里等你。"

喧哗的世人、狂热的成功会突然之间静为空虚；标志着精神永恒的引领也会霎时湮没黑暗。当我回到自己质朴的生命，我发现，再多外部世界的光亮都不能代替由自己心灵点上的那盏橘黄的灯……

我在努力抱紧月光，努力让自己变得优雅。我怕争吵，怕那会伤了原本都是善良人的心；怕打斗，怕血流下的同时人们也不再控制自己的残忍；怕事故，怕那些带着完整躯体和灵魂的人在突然之间发现自己已支离破碎。怕纷争，怕告别，怕离弃，怕约好了又无法相见所带来的永生的遗憾。

想起白天在园子里的劳作，我努力清理几乎生了满园的枯菊梗。它们的根很浅，枝很细，然而在那个萧瑟的时节，它们以几乎见不到光的孱弱的身姿，将纤巧的花儿张开，让我在那些天里，总能犹如站在繁花盛开的山野，一朵一朵，摘得花香满怀。

我清理它们的身躯，怀念着它们映于我脑海的美丽，没有悲哀。因为我知道，这些枯干的菊梗，曾经那么倔强地爱过、灿烂过，也曾经像我一样，那么废寝忘食地抱紧月光。

月光慢慢注入我的灵魂，生命由此变得轻盈而温暖。

爱的缝补

母亲刚下岗的时候，在街边摆上缝纫机，帮过往的人缝缝补补，赚些零钱。

“你需要缝补吗？”这是母亲经常对别人说的话。

后来父亲包了几个工程，生活渐渐好了起来，不需要母亲再到街边风吹日晒了，可是母亲闲不下来，她还是把那个缝纫机搬到了街边，义务替那些不小心将衣服划破或是掉了扣子的人缝缝补补。她说在家里待着闷得慌，这样心里能敞亮些。

有一天，一个大学生模样的女孩专程来向母亲道谢，可母亲早已忘记了自己帮过她什么。“您忘了吗？那次我裙子的拉链坏了，是您帮我缝好的。”母亲一拍脑门，继而是一阵爽朗的大笑。女孩说她那天是去参加一次应聘会的，路过母亲身边的时候，被“眼贼”的母亲发现她裙子的拉链坏了，就喊住她，帮她缝补好。

“多亏了您，不然就要出丑了。”女孩说母亲的善良让她增添了很多信心和勇气，应聘会上，她一路过关斩将，最后应聘成功，现在已经去那个让她心仪已久的大公司上班了。

“你是说，这里面还有俺的功劳喽！”母亲张大嘴巴，不敢相信自己无形中帮了女孩儿的忙。

嗯。女孩使劲地点头。

母亲说，每个人都有个小麻烦什么的，帮帮他们，自己心里也舒服。看到别人为了自己的举手之劳报来的那一脸微笑，母亲心里美滋滋的，脸上是更灿烂的笑，像大大的向日葵。

母亲这小小的善举感动了许多人，在她的带动下，社区里出现了很多“义务工”，有义务理发的，有义务测血压的，有义务送报纸的……还组建了义务清洁队和义务治安团，都是一些退休的老人自发组织起来的，维护小区的卫生和安全。

狄更斯说：如果我能弥补一个破碎的心灵，我便不是徒然活着。如果我能减轻一个生命的痛苦，抚慰一个创伤，或者令一只离巢小鸟回到巢里，我便不是徒然活着。

每个人的生命中，都有一些这样或那样的残缺的记忆需要缝补，支离破碎的情感，战火纷飞的家园，苍凉的废墟……这个世界，到处都有伤痛的缝隙和缺口，或许正是因为有了这些缝隙和缺口，才有了女娲的舍身补天。

“你需要缝补吗？”母亲每天依然在重复她的话，持续着她小小的善举，滋润着那些日渐干枯的心灵。母亲不是女娲，女娲补的是天，母亲缝补的不过是别人衣服上的一些破洞。但在我的眼里，母亲和女娲一样伟大，因为母亲缝补着人们灵魂里的漏洞，使它们完整，渐渐生出爱的光泽来。

不要那么早吵醒太阳

爸爸，明天我一定会比太阳起得早，相信我!

女儿临睡前，一再向我保证。满脸的兴奋，扯动着心里的一份激动，仿佛明天早上将要发生一件惊天动地的事情似的。

她想比太阳起得早，是因为她的心底藏着一个小小的“阴谋”。

在外地工作的妻子刚刚跟我透露了女儿的这个小小的“阴谋”：她只是想在父亲节的早上，为你做一次早餐。

女儿只有八岁，却是少有的乖巧懂事。她和妈妈煲“电话粥”的时候听说明天是父亲节，便想为爸爸准备一份礼物，想了老半天，才想到了这个“惊天动地的壮举”。

我看到她背对着我，偷偷地给闹钟定了时，然后如释重负一般对我说：爸爸晚安。

晚安。我为她盖好被子，然后坐到电脑桌旁，继续构思我的小说。

小说的情节进展得很顺利，不知不觉天已经有些蒙蒙发亮。我想我必须睡下了，我要让女儿的“阴谋”得逞。

我把面包和煮好的鸡蛋放到了案板上，把暖瓶里装满开水，奶粉和糖也放到了她伸手就能够到的地方，我想尽量让她的早餐做得容易些。然后，我小心翼翼地躺到她身边，故意轻轻地碰触她，温柔地碰醒她，眯着眼睛佯装睡着，脸上满是幸福的微笑。就听见她在那里打着哈欠，轻轻地自言自语，差点睡过头啦。然后看见她的第一个动作就是拿起闹钟，将它关闭。

她蹑手蹑脚地在厨房里忙活着，尽量不弄出声响。我知道，她做的这一切，都只是想让我多睡会儿。我看过她最近写的几篇日记，几乎每篇都写到了我。她写道："爸爸又熬夜写小说了。每次天蒙蒙亮的时候，他才会躺下休息，他的睡眠只有可怜的3个小时。然后就要接着为我做早餐，送我上学。爸爸真辛苦。"还有："妈妈在外地上班，都是爸爸一个人照顾我，看来我得多学点本事了，不能老让爸爸操心。"又及："爸爸，你都瘦了。我还是喜欢胖乎乎的你，喜欢叫你大肚子蝈蝈爸爸。"

我还喜欢她作文里的那个开头：我的爸爸肚子很大，我嘲笑他，他却说他装了家国天下；我的爸爸腰很粗，我嘲笑他，他却说他腹有诗书气自华。爸爸，你的家国天下，就是妈妈和我。因为你总是叫我们，大宝和小宝。

我便想起我们一家人在一起的时候，我每次唤宝贝，妻子和女儿都争抢着回应，她们都在争我的宠爱。为了区分开来，我管她们叫大宝和小宝。大宝小宝，我上班啦。大宝小宝，我回来啦。这是我每天都在使用的，爱的语言。这是我每天都在温习的，爱的功课。

记得有一次，女儿突然像个小大人似的，一本正经地问我，如果有一天我们都从这个世界上消失了，会变成什么呢？我说我会变成一朵云，她便嚷嚷着说她也会变成一朵云，给我做伴；我说我会变成一棵草，她就说她要变成一滴露水，给我洗脸；我说我会变成一棵树，她就说她要变成树上的鸟，给我挠痒痒……我们拉钩，说拉钩上吊，一百年不许变。

女儿在厨房里忙活了很长时间，等她把早餐弄好，太阳已经大摇大摆地登堂入室了。她这才对着我大喊：“爸爸，该起床啦！”并且不无炫耀地嚷嚷着：“今天我比太阳起得早吧！”其实每一天太阳出来的时候，我都会早早醒来，没有人比我更早地见到太阳。但今天我必须躺下，今天，我不要做那个第一个见到太阳的人。

是啊，比太阳起得早。我伸着懒腰，应和着她。可是，你应该早点叫醒我，我故意“埋怨”她。她说，我不想那么早吵醒太阳，我想让爸爸多睡会儿。在女儿眼里，我是她的太阳。在我眼里，女儿是我的太阳。我们互相照耀，彼此温暖。

爸爸，今天我学会做饭了，明天就能学会洗衣服，妈妈不在身边，我也能照顾你。那是女儿给我的，最好的父亲节礼物！

我推开窗子，看到的是多么清新、多么美好的早晨啊！窗外的树叶上，露珠还在酣睡，一时半会儿还没有醒来的意思。一切都是那么安谧、幸福。包括窗沿上慢慢爬着的小虫，仿佛都是那么有节奏感地在扭动腰身，我似乎听到了它们在轻轻地哼着某些欢快的曲调。

这么小的屋子，这么小的窗口，却是我浩瀚如海洋的世界。

心灵花园里的蜜蜂

世界上最杰出的十大推销大师之一原一平，有一个成功的秘诀：微笑。他用自己特有的微笑征服了客户，征服了整个推销界。在谈到自己初入推销界时的情形时，他说：

“当时我的处境惨淡不堪，而且我自身也毫无气质与优势可言。在那段艰难的日子里我并没有自怨自艾，生活虽然向我露出狰狞的面孔，我依然用微笑对付它，因为我始终坚信，生命的天空总会有晴朗的一天……”

为了能够使自己的微笑让别人看起来是自然的、发自内心的真诚笑容，原一平曾经专门为此训练过。他假设各种场合与心理，自己面对着镜子，练习各种微笑时的面部表情。因为笑必须从全身出发，才会产生强大的感染力，所以，他就找了一个能照出全身的大镜子，每天利用空闲时间，不分昼夜地练习。

经过一段时间的练习，他发现嘴唇的闭与合，眉毛的上扬与下垂，皱纹的伸与缩，这些表情的“笑”都能表达出不同的含义，甚至双手的起落与两腿的进退，都会影响“笑”的效果。

有一段时间，因为在路上练习大笑，而被路人误认为他的神经有问题，也因练习得太入迷，半夜常在梦中笑醒。历经长期苦练之后，他可以用微笑表现出不同的情感反应，也可以用自己的微笑让对方露出笑容。

后来，原一平把“笑”分为了38种，针对不同的客户，展现不同的笑容。并且深深体会出，世界上最美的笑就是从内心的最深处所表现出来的真诚笑容，如婴儿般天真无邪，散发出诱人的魅力，令人如沐春风，无法抗拒。

微笑如同直通人心的世界语，它能深深地打动另一颗冷漠的心灵。微笑能创造命运的奇迹。现在，有人说“原一平的微笑价值百万”，其实，只要你充满自信真诚的胸怀，你也一样可以用自己的微笑来创造财富。

微笑吧，在生命的餐桌上。只要你微笑，整个世界的呼吸就会和我们一样匀称，如同玫瑰花次第开放的声响。

微笑吧，目光纯粹，背影亲切。只要你微笑，天堂的阳光和泉水就会被引渡到你的屋檐下，心扉里。

微笑，是心灵花园里的蜜蜂，不时拍打着春天的睫毛，它可以把你心底的花香偷偷地运到另一颗心灵里去；微笑，是约翰·施特劳斯的一个小小音符，让每一颗心灵的周围，都悬浮着一层暗香。

请告诉我一只蝴蝶的消息

那是一只虚弱、美丽的蝴蝶，春天的第一只蝴蝶。诞生到死亡，一个短暂而轻灵的过程，却为我们开启了春天的序幕。

云姨是朋友霞的母亲，一个温柔贤惠的女人。说话柔声细语，做事轻拿轻放，在我们的印象中，云姨似乎一辈子都没有大声地说过话，骨子里总是透着一股淡淡的忧伤。

很古典的云姨却生出了很前卫的女儿，霞的身体里到处都是叛逆的声响。小小年纪就学会了夜不归宿，迪吧、聊吧、酒吧，吧吧光顾；商场、赌场、情场，场场不落。整个就是一个无厘头，让云姨操碎了心。云姨经常对着我叹息，说如果霞能有我一半听话就好了。

云姨从不打骂自己的女儿，只会不停地唠叨，更多的是叹息。霞受不了那种压抑，夜不归宿的次数就更多了。直到有一天，她把一个比她大二十多岁的自称是搞艺术的男人领到家里来，向云姨介绍说是她的男朋友。云姨生平第一次发怒了，她指着霞说，如果跟了这个男人，就别再踏进这个家门。霞选择了她所谓的爱情，毅然决然地扔下云姨，甩袖而去。

云姨一病不起。在医院复查的时候，诊断出是癌症，并且是晚期。医生说大限将至，云姨的生命长度只剩下六个月。

云姨知道了这一切之后，并没有伤悲，相反，却有一种如释重负般的轻松。我们都知道云姨是个苦命的人，霞的父亲在霞刚刚三岁的时候就因为车祸去世了，为了不让女儿受气，云姨拒绝了很多好心人的撮合，坚持没有再嫁人。云姨手巧，靠给别人缝缝补补洗洗涮涮维持着生计。女儿考学考到哪里，她就跟到哪里，各种各样的杂活她几乎都干遍了。她的一生都是黑白的影像，没有一点灿烂的颜色，宛若伴着古刹青灯的僧尼，梦是她的禅房，回忆是她的莲花，她唯一惦念的尘世，是霞，她相依为命的女儿。

可是现在连霞也不在她身边，在她离开尘世之前，怕是见不到她最后一面了。我们通过各种方式寻找霞，都无法联系上她。自从跟那个男人走了之后，她就像人间蒸发了一样，无影无踪。

六个月，应该做点什么呢？云姨在心底为自己计划着。云姨的一生有太多的事情没来得及去做，包括年轻时代的梦想，她热爱舞蹈，多想站到舞台上去表演，像一只痴情的蝴蝶翩翩起舞啊！

跳舞！云姨忽然心血来潮一般要去跳舞。她每天给自己化很浓的妆，穿很艳丽的衣服，每天去扭大秧歌。不知情的邻居们开玩笑，说她老树发新枝，要梅开二度呢！

那些日子，她的脸上每天都挂着微笑，无比灿烂的颜色。她不舍得睡觉，回忆着每一个路经她生命的人，像一只临终的孔雀，梳理着自己的羽毛。

有一天，云姨在跳舞的时候突然晕倒。我领着女儿去医院看望已经骨瘦如柴的云姨。她终于悲伤地喃喃低语：看来是等不到我那个傻丫头回来了，她以为我真的不让她踏进家门了？这几个月，我拼命地锻炼身体，就是想延长一点生命，等她回来啊！唉，这个傻丫头！我不也是为她好吗？我怕她上当受骗啊……

这时从窗子里飞进来一只很小的白色蝴蝶，病床上的云姨说，瞧，这是我看到的春天的第一只蝴蝶，真好看！

或许是因为刚刚苏醒的缘故，那只蝴蝶显得很虚弱，停落在了窗台上。女儿轻易就把它抓到了手里，欢呼雀跃着向我们炫耀。云姨对女儿说，你喜欢蝴蝶吗？如果喜欢，那么就不要用手去抓它。云姨对女儿解释说，一只蝴蝶的寿命很短很短，如果要算它从毛毛虫到变为蝴蝶，也就十几天，而它翅膀上的鳞片脱落得越厉害，寿命就越缩短。所以，爱它就别伤害它，用手去抓它，会让它翅膀上的鳞片掉落。

女儿赶紧松开手，无限爱怜地望着飞走的蝴蝶。我看到蝴蝶扇动着残缺的翅膀，原本华丽的鳞片早已黯然失色，生机正在慢慢褪去，灵从它的身上一点一点被抽走，看似健康的外表下却存在着一个无法止血的伤口，像一个为爱咯血的女子，爱情正在流逝，心，变得轻盈起来……

云姨说，她就是要做那样一只蝴蝶，在离开这个世界之前，采集更多的花粉，闻到更多的花香，然后奔赴天堂。

我们帮忙料理了云姨的后事。那天，我们在云姨的墓前放了很多鲜花，竟引来了很多蝴蝶。我想，这些蝴蝶大概就是云姨的灵魂吧，它们对尘世有着太多的眷恋。

霞回来的时候，云姨已经走了一个多月了。全世界的花都盛开着，所有的蝴蝶都忙着与它们倾心的花朵约会。霞早已离开了那个男人，说那个男人是个虐待狂，总是变着法地折磨她。她之所以迟迟没有回来，是因为她不想让云姨看到她颓丧的样子，她想让自己美丽起来再回来。

霞问起她母亲临终前的愿望，我对她说，云姨只想变成蝴蝶。霞的眼泪喷薄而出，她说她在外面拼命地奋斗，也是想把自己变成一只蝴蝶，一只能让母亲骄傲的蝴蝶。

毕竟是母女啊，尽管性格是迥然不同的，但却怀揣着同样的梦想。只是，女儿可以用一生的时间去实现她的梦想，而母亲却只有短短的六个月。

因为只有这短短的六个月是属于她自己的。

刹那芳华

满山的迎春花、山杏花仿佛约好了一般，刹那间一起都开了。一团团、一簇簇，耀眼的白，令人眩晕的粉，海漫漫地铺开来。昨日还保持着缄默，今日便集体发声，是愤怒的呐喊吗？不，没有愤怒，只有荡气回肠的欢快。请原谅我用词的轻佻，这一刻，我如此词穷，我是被眼前的盛景惊讶得只会张大嘴巴“啊啊啊”的江郎，我愿做幸福的江郎，因为此刻，多优美的词汇都显得多余。

看吧，刹那之间，我可以成为江郎，也可以成为心灵的富翁。

早上，一个女同事给我讲了一件让她温暖的事。离开学校二十六年了，昨天她忽然接到一个电话，电话里的男人对她说：“老同学，找了你很久，总算找到了，我都想给老天爷磕俩响头，上学的时候我就想和你说句话，可是我们在一个班级坐了三年，一句话我都不敢跟你说。毕业这么多年，我依然想有一天和你说句话。有勇气的时候没找到你，知道你在哪儿的时候又没了勇气，今天终于又下了一次决心，我就是想和你说，老同学，你好吗？”女同事说她想不起来电话里的声音是谁，但是那声音令她欢喜。当时，事业和家庭的烦恼让她应接不暇，刹那间，一个电话便让她轻松愉快起来。原来有一些人从来不曾忘记我们，这声音从或远或近的地方传来，那么美，那么暖。

时光是一把魔琴，我们无一例外地会听到它的琴音。很多人为它所伤，只有内力深厚的人，可以享受它的乐音。内力，是你在人生路上所要承受谩骂、诽谤、嘲弄的能力以及控制欲望的能力。这是一种非凡的能力，更是一种超然的心态。万念归于淡然。将灿烂放下，在这里安静地等。等一个花开蒂落的结果，等一个叶落归根的尾声。

阳光下，能和你手拉手奔跑的人越来越少；烛光里，能和你面对面流泪的人越来越少。如果有，哪怕是刹那，也请紧握那双手，请认真地去看那双眼睛。

我想找一块神奇的橡皮，擦掉昼的嘈杂，涂去夜的冷寂，挽瞬间美丽；我想寻一把时光的刀，切断秒针的尾巴，缩短时针的脚，留刹那芳华。

印度哲人克里希那穆提说：你是否注意过展翅高飞的鸟儿，它们一点也不需要挥动羽翼，而只是随风飞翔。它们的喜悦似乎那么无限，它们并不关心死亡。它们生活在每一个刹那，从不担心将会发生什么事。

生活，给你惊喜的，往往都是一个个刹那。那么爱吧，笑吧，哭吧，唱吧，舞吧，在这一刻。永远有多远，没人说得清，因为它只是一个概念，看不见，摸不着。最美的，最值得去爱的，永远是这一刻，这一个刹那。

如果月光偷饮了你的美酒

如果月光偷饮了你的美酒，那么请相信，她肯定会还你一勺蜜。

人生有些事，别怕与人分享、分担。快乐也好，忧伤也罢，都不该一个人来唱独角戏。把笑脸藏了起来，那只是一个快乐，与人分享，你的快乐就会成倍增长；把忧伤埋在心底，那悲伤便会成河，成海洋，有人与你分担，那忧伤便小了许多，成小溪，成泉水。

那么多那么多的心事，你都放在心底，任凭它们发酵。用回忆的酒花和蜂蜜勾兑，你的心底便有了一坛美酒。那是你一个人的酒，令你在回忆里醉生梦死。对你来说，所有的美好都在昨天。

你受了伤，从此闭门不出，你认为看热闹的人很多，送祝福的人很少。甚至，你不敢再轻易地表白你的爱，只把你喜欢的人的名字写在手心里。在手心里舞蹈的爱情，只能是把玩，只能是偷偷地心疼。你是一个痴情的人，陷进爱情的泥潭，固执地举着誓言。面对世俗投下的石子，不躲不闪。

那是你放不下的远方，一直在酒杯里婉转。你想，可以选择在今夜死去，毕竟今夜有月光，月光是你唯一的衣裳。你终究还是胆怯了，不肯再往前迈出一步。一只枕头、一个洋娃娃，痛苦时，抱住什么都是幸福。

你倒掉了碗底的一弯残月。

那一夜，你没有哭泣，可是白色的忧伤，却铺泄满地。月亮温柔，也很残酷，除了圆月的喜庆和温柔，其余的时候，她更像一把冰冷的刃，割伤一个个仰望她的人。

你索性叼起了烟，如一个交际花一般放纵自己。香烟熏得你眯着眼睛。烟灰长长，颤巍巍地挂着。那忽明忽暗的烟头，如一只寻仇的蝙蝠，步步尾随，近在咫尺。

拉上窗帘，月光照不进来，幻想陷入黑暗，爱意悄悄流动。就像孤独的夜莺，等待一场午夜的欢爱。

一支笔，在抽屉里喃喃自语：写好的情书，为什么不寄出去？

是的，你的爱情伤痕累累，你不想再去试了，所以宁愿把那些情书，都藏在抽屉里。

可是，除了爱情，人世还有其他的月光啊。

你以为人间都是虚伪的面孔，不会有人真诚地为你开窗，其实你错了。人世并非你看到的这般冷漠，只要你认认真真地过活，岁月里便无时无刻不充斥着幸福和感动。那些煨过人心的暖，那些掠过心尖儿的甜，俯拾皆是：过生日的时候，表姐从乡下来，带来了一筐新鲜的笨鸡蛋，她说用这样的鸡蛋在生日里滚运最灵验，还没开始滚运，你就仿佛闻到了好运的气味；成功赶上快要开动的火车，气喘吁吁，满头大汗的时候，售票员微笑着递过来一张纸巾；为钱发愁的时候，朋友偷偷把钱塞进你的口袋，并无言语，只是轻拍你的肩膀，给予最真诚的鼓励……

王小波说，人生无趣，所以要找一个有趣的人共度。要我说，人生无趣，所以要找一些有趣的人共度。爱人、知心的朋友，都是你生命中有趣的人。

在难熬的暗夜里，我们要尽力去捕捉希望的萤火虫，而不是在阵痛中不断吞吃美丽的罂粟。别把自己封闭得那么紧，像不透半点香气的酒。人不光是为自己活着的，那样的人生会轻飘得如柳絮，正是因为有了沉重的责任，人才能站得稳当。

一场恋爱，只是你人生里那么微弱的一次闪电，别担心它引爆了你大面积的忧伤，忧伤的雨过后，你会发现，天空比以前更加地蓝了。电影《天堂电影院》里有一句台词：如果你不出去走走，你就会以为这是全世界。出去走走吧，更好的人，更好的景致，没准就出现在你推开门的刹那。

受伤的人，别怕，推开窗子吧，此刻，世界多么温柔，月光铺泄在地上，像一张软软的床垫，你不想去试试它的温度吗？

受伤的人，别怕月光窥见了你的忧伤，她永远不会嘲弄，她在造一条引渡你的船。

受伤的人，不妨将你自酿的美酒悄悄掀开一点缝儿，让那醇香，源远流长。

如果月光偷饮了你的美酒，你要感谢她，正在把你的芳香扬洒。

如果月光偷饮了你的美酒，那么请相信，她肯定会还你一个蜜。

惊蛰

翻了一个身才知道，不过是一场梦。再也睡不着，偏偏，爱情的鼾声如雷贯耳。

——惊蛰

春天的魔法师

他是一个酒鬼，人人都像躲避瘟神一样躲着他。越是躲他，他就越是讨人嫌，不是敲敲你家的门，就是拍拍他家的门，再猛地吼几嗓子，搅得人家鸡犬不宁。

他在人们鄙夷的神色里缩着身子，苟延残喘地过活。

他是生活中的不幸者，妻子出了车祸，孩子得了重病，双双离他而去，他每日里只能借酒浇愁，每一次都酩酊大醉，恍如隔世。他清醒的时候很少，或许他最怕的就是清醒，回忆要漫上来的时候，他就用烈性的酒把它们压下去。

他怕回忆，因为他的回忆里都是鲜红的血泪。

曾经，他是一个酒吧歌手，充满激情地歌唱生活，歌唱爱情，歌唱所有打开窗子后扑面而来的事物，然而，自从悲剧发生之后，他的屋子里再没有了歌声。曾经被他视为生命的嗓子，他也不再去爱护，那些烈性的酒烫伤了他所有附着音乐的神经。

他的心底，早已没有了歌。

没有人和他说话，所有人都躲着他。包括满巷子奔跑的孩子，大人们告诫说，小心他撒酒疯，会打人的。孩子们便都很怕他。

他寡言少语。他的院子死气沉沉。他和我同龄，但看上去却像我的长辈。

春暖花开的一天，小外甥的皮球掉进了他的院子里，不敢去拿，平日里从不和他说话的小外甥，没有办法，爹着头皮冲他的屋子喊道：爷爷，爷爷。他半醉半醒地从屋子里探出头来，不大相信有人叫他。使劲揉了揉眼睛，确认了小外甥在叫他爷爷时，满脸堆笑，问小外甥有什么事情。小外甥说，爷爷你帮我把球捡回来好吗？他乐颠颠地跑过去把球捡回来，竟然隔着栅栏在小外甥头顶做了一个灌篮的动作，还滑稽地冲小外甥做了个鬼脸。谢谢爷爷！小外甥接过皮球对他说，他们都说你可怕，可我看你一点都不吓人！然后快乐地跑开了。

他在那里怔怔地呆立了很久，忽然抬头看了看太阳，太阳很暖，他却打了个冷战。

他把自己沉在谷底太久了，一直都冷。

他再一次抬头看了看太阳，太阳很刺眼，但他没有躲避，他忽然想用阳光来取取暖。

他一点都不吓人。小外甥奔跑在那个春天，到处为他辟谣。渐渐地，到他院子里来玩的孩子越来越多。小外甥领着伙伴们常常一边玩耍一边帮他打扫卫生，当然，他院子里最多的垃圾是酒瓶子。

他在院子里做了个很简陋的篮球架子，坐在门口看着孩子们在那里玩着投篮的游戏，不自觉地，他轻轻哼起了歌谣。很久没有唱歌了，那些音符怯生生地从他的嗓子里蹦跳出来，虽然有些沙哑，旋律却依然很美。

这突如其来的变化让邻居们都很吃惊，更让人吃惊的是，他竟然摔碎了所有的酒瓶子，他说他要戒酒，他要保养嗓子，他要重新去唱歌。于是，每个清晨，每个黄昏，都能听到他动听的歌声，虽然也有哀怨，但音乐的光环笼罩着他，那些快乐的音符在慢慢分解他的忧伤。

在那个简陋的篮球架下，他为孩子们举办了一次小小的个人演唱会。他不停地唱着，孩子们不停地为他伴舞，为他鼓掌。邻居们也过来凑热闹，他的院子里热闹极了，门庭若市，莺歌燕舞。那天，他刮了胡子，穿上了漂亮的演出服，清清爽爽的一个人，他真的还很年轻。小外甥有些不大相信自己的眼睛，这还是那个爱撒酒疯的爷爷吗？

当然不是，我点着他的头说，你应该叫他叔叔。

可是他怎么一下子变年轻了呢？小外甥依然不依不饶地问。

因为有魔法师啊。我笑。

哪一个是魔法师？

春天、爱、阳光和歌声，所有一切滋润心灵的事物，当然还有你，我可爱的孩子。

丁香花儿，别睡觉

丁香花儿，别睡觉，睡着了，你就没有香味了。

这是我听到的那个孩子嘴里不停念叨的话，像童谣那样好听。

其实从刚上车的时候起，我就注意到了那个捧着丁香花的小姑娘。她四五岁的样子，扎着两条顽皮的小辫子，样子十分可爱，像小天使一样被所有人簇拥着。她很活泼，满车厢的人都愿意和她聊天，那一刻，我看到年轻妈妈的脸上满是幸福的微笑。

她说话带着天真的童趣，让我们忍俊不禁。比如有人问她，家里谁说了算啊？她不假思索地说："爸爸啊，他是俺家的头儿。"年轻妈妈就故意拉长声音问她："真的？"她马上改口说："是妈妈，是妈妈。""你不是说爸爸是家里的头儿吗？""可是妈妈是家里的脖子，脖子让头朝哪儿转就朝哪儿转……"

还有人看到她嘴里的豁牙，就问她牙怎么掉了。她说："为了长出新牙啊，所以就得拔掉它。""那你的牙还疼不疼？"小女孩的回答让我们把肚皮都笑疼了："啊呀，牙齿被留在医院里了，我不知道它疼不疼啊！"

有人问她要去哪里，她说去看奶奶。她说奶奶生病了，屋子里到处都是药味，她要把丁香花放到奶奶的窗台上，让奶奶闻闻花香，奶奶的病就会好起来。这一次我们没有笑，但却感觉她更加可爱了。

一个多懂事的孩子啊。因为这个小家伙，整个车厢都热闹了起来。她像一只彩色的蝴蝶，不停地扇动快乐的翅膀，把一个完整的春天带到车厢里来。

因为是长途，道路又特别颠簸，小家伙好像有点儿累了，她躺在妈妈的怀里说，我困了，我要睡觉。年轻的妈妈怕她睡着了会感冒，就对她说，你睡觉了，你的丁香花也会睡，丁香花睡着了，就没有香味了。

“是吗？”孩子天真地说，“那我不睡了，丁香花，你也别睡觉。睡着了，你就没有香味了。”

年轻的妈妈对她说：“你不让丁香花睡觉，就用手给它扇风，看看香味是不是会更浓。”她照着妈妈的方法试验了一下，果然，那香味浓得似乎流动起来了。我很佩服那个年轻而优雅的母亲，她懂得用那些优美的语言把孩子内心的花香唤醒。

其实，每个人身上都有着各自的花香，只是有的没有被唤醒。我想到我的女儿，执意要把买来的冰淇淋送给那个小乞儿；我想到一个商店老板的孩子，买东西时因为忘记找零，三四分钟后气喘吁吁地追上来将五角钱放在我的手心；我想到宾馆的一个老服务员，把手背在身后微笑着说：看看你把什么东西丢了？那是我不小心落在服务台的数码相机……那些时候，那些人身上，都散发着花香，它不同于各种名牌香水的味道。

充满爱意的心灵是一个人灵魂里散播的花香，而我们所要坚守的就是——别让花香沉睡。

缝补心灵的一根丝线

他是一个修鞋匠，一个只能蹲着走路的残疾人。每天我都会路经他的修鞋铺，看他低着头，缝补着那一双双未老先衰的鞋子。他修鞋的技术很好，附近的人都愿意把坏掉的鞋子拿到他这里来修，一大堆生病的鞋子迫不及待地排着号，等待他来望闻问切，妙手回春。

因为是残疾人，所以他很自卑。他很少与人交谈，一张脸仿佛僵硬了一般。他尽量躲在他的修鞋铺里，使自己不至于见到更多的人。对于他来说，每天上厕所是他心里最难过的时刻，公共厕所在他的对面，要穿过一条马路，那短短的距离却是他最为艰难的行程。他每天控制自己少喝水，以减少去厕所的次数，可是偏偏有一天，他不小心吃坏了肚子，不停地往返于修鞋铺和厕所之间，人们像看怪物一样看他不停地贴着地面来来回回，那些目光扎得他浑身都疼。

有一天，我的鳄鱼牌皮鞋大概是饿了，张开了嘴。我走进他的修鞋铺，看着他娴熟的修鞋技术，不禁夸赞了他几句。我说，您修鞋的技术真是一流。我看到一个羞赧的微笑迅速绽放在他的脸上，听到他喃喃地说，哪里好啊，不过是混口饭吃罢了。那微笑并没有立刻消散，相反，却有了一种想长时间占领高地的势头呢！

我主动和他聊了起来。刚开始，只是我一个人在说，渐渐地，他敞开了他的世界。那天他说了很多，他说小儿麻痹症害了他一辈子，他说他怨恨这个世界，咒骂过上帝对他的不公，他说他真想站起来走路，他说他也想像个正常人一样找个女朋友……

他来了兴致，拿出他写的一些心情日志给我看。歪歪扭扭的字，歪歪扭扭地表达着对这个世界的看法。我在那些字里读出了诗意，读出了疼，竟让我有些爱不释手了。他写道："我始终觉得自己像一只冬眠的刺猬，蜷缩在自己的巢穴里，不问世事。可是阳光总是暖暖地来照我，试图将我唤醒，告诉我春天来了。我多么盼望春天啊，可又怕春天的到来，我不敢睁开眼睛，我怕看到人们在看我时，眼底的惊讶和怜悯！我不知道这个世界还有没有爱，我的爱和眼前的这些鞋子一样，未老先衰……"读着那些文字，就如同走进了他的灵魂，我感受到一颗残缺的需要爱来缝补的心。

我付给他修鞋的钱，他死活不肯收。他腼腆地说出他卑微的请求，希望能和我做朋友，他说从来没有人陪他聊过天，他感激我将他看成一个普通的正常的人。

我诚恳地点头，向他伸出手去。"总要有点仪式吧。"我早早地帮他关好了窗栅栏，到熟食店买了几个小菜和几罐啤酒，我们推杯换盏，彼此敞开心扉，天南海北，聊得非常尽兴。最后，他竟然流出了眼泪，他说没想到他这辈子也会有我这样一个体面的朋友。

一个体面的朋友，这是我听到的别人对我最高的评价。"是你太封闭自己了，其实这个世界上，好心的人还是很多的。比如现在，你看。”他顺着我手指的方向，在窗口看到了一个佝偻着腰的大娘，正在他的门前清扫垃圾，那是他的隔壁邻居。“我经常看到她，每天扫地的时候都会顺道把你的门口扫得干干净净，你以为别人对你只有歧视，其实更多的还有这些无声的关爱。”

“是啊，”他忽然感慨地说，“一直以来，我对这个世界不抱任何幻想。没想到，敞开了心去生活，一切都不一样了……”

那晚我们聊了很久很久，离开的时候，我听到他在我的身后竟然轻轻地哼起了小曲儿！一个残缺的沉睡的生命就这样被唤醒了。

鞋子修好了，就可以穿到脚上，继续走路。有时候，有些心灵跟那些未老先衰的鞋子一样，也需要修补。补好之后，整个世界就都跟着春意盎然，阳光明媚起来了。

而我们每个人，都可以做缝补别人心灵的一根丝线。

感谢上帝，没有给老虎插上翅膀

19岁那年，我高考落榜。在那个灰暗的日子里，我整天蜷缩在家里，无所事事。生活仿佛走进了死胡同，青春的一切美好都离我远去，包括那些曾经令我热血澎湃的梦想。我像一个输光了一切的赌徒，一夜之间变得一无所有。巨大的空虚吞噬着我，我的灵魂飘忽不定，居无定所。

我开始自暴自弃，妄图毁掉生活中一切完美的东西。每毁灭一样东西，我都会幸灾乐祸，扬扬得意。母亲的苦口婆心于我形同虚设，父亲的严词厉语也没有丝毫作用，渐渐对我生出绝望之心。

二龙家的玻璃是茶色的，很漂亮，我就让它碎几块；冬子的山地车很酷，我就常常放它的气……我活得不自在，你们也别太快活，这就是我当时唯一的想法。

所有人都避开我，我没有朋友，就连头顶上的那个上帝，每天也是对我摇头叹息。

按说，比我惨的人很多，比如隔壁的四虎就是个彻头彻尾的倒霉蛋。一年前在建筑工地被重物砸断了右腿，一辈子再也离不开拐棍了。刚住了几天院，包工头就迫不及待地给了些补偿金，打发他回家。在回家的路上，他又被劫匪抢走了藏在内裤里的钱袋，最后靠要饭才回到了家。可是倒霉的事情还没结束，回到家后他发现家里冷冷清清，原来，他的老婆早已经离家出走，另谋出路去了。

取笑这个倒霉蛋，便成了我每天的必备节目。有时候，我会趁他睡觉的工夫把拐棍偷走，让他求我，这样我就可以要求他给点“小费”买皮蛋吃。我也知道，他靠编筐挣点钱不容易，可是自己就像潘多拉盒子里跑出来的魔鬼一样，每天不停地在他身上搞着恶作剧。奇怪的是，他竟然不和我生气，总是那么笑呵呵地“哀求”我把拐棍还给他。宽容的后果，就是让我变本加厉地坏，恶魔在我心底似乎根深蒂固了。

和我相反，他的院子里每天都很热闹，人们喜欢到他那里，和他聊天，他一边编筐一边和人说笑，脸上看不到一丝悲苦。我就对他说，你都残疾了，老婆也跟人跑了，你怎么还笑得出来？没想到他语出惊人：老天爷不给你碗，你难道就不吃饭了吗？

我知道，我说不过他，也没办法打击他，他似乎是一个麻木的人。

但事实很快证明，他也有情绪低落的时候，因为我看到了他的眼泪。

那天，我听到他吹起了笛子，尽管依旧是欢快的曲调，却给人一种忧思。一只鸽子飞到了他的房顶上，那是他曾经养过的一只鸽子，灰白相间的鸽子，他认得，丢了很久之后又飞了回来。我用石子打它，却怎么打也打不走。这一次他是真的急了，冲我大喊，让我不要打走它，我看到了他的眼角潮湿，亮晶晶的液体流了出来。于他，那是多么珍贵的珍珠啊。我竟然被他吓了一跳，从来没看见过他这个样子。我躲进屋子里，看见他把自己吃的米拿出来撒到地上，慈爱地看着他的鸽子在那里一粒一粒地啄着。然后，就开始给鸽子做起鸽子窝来，一边做一边哼着难听的小曲。我想这只鸽子一定勾起了他的伤心往事，又或许是他在想，老婆会不会也像这鸽子一样，失而复得呢?

四虎依然那样快乐地生活着，他的院子里依旧热闹，鸽子也是上下翻飞，自取其乐。除了那个小小的“插曲”外，看不到他有一丝异样。但就是这个小小的细节，让我窥到了他的精神世界。他不是不懂得疼，而是在用乐观消解着那些疼。

那些天，我的耳畔反反复复都是他的话：老天爷不给你碗，你难道就不吃饭了吗?

他是一个多么值得敬佩的人，我第一次有了这样的想法，并且开始为自己的种种行径感到可耻。我不再捉弄他，在一个晴朗的早晨，搬来一个梯子，偷偷把他做的鸽子窝放到了他的屋檐上。

父亲多次让我去他工作的工厂实习，我都不去，但那天晚上，我主动提出来要去上班。父母都很讶异，父亲还主动拥抱了我。

非洲有个谚语说，不要抱怨上帝创造了吃人的猛虎，相反，我们应该感谢上帝没有给老虎插上翅膀。非洲人相信命运，按照他们的说法，如果你运气好，打猎的时候“那该死的猎物连你的咳嗽声都听不见”。如果走了背运，连头顶上的水罐都会无缘无故地裂开。不过，他们对此依然表现得异常乐观。他们会说：“如果头顶上的水罐裂了，那就趁机洗个澡吧。”按照这个逻辑，我是不是可以这样理解我现在的处境呢：你没有车子，意味着你还有太多的车子可供挑选；你没有工作，意味着你还有太多的工作可供应聘；你没有房子，意味着你还有更漂亮更舒适的房子可供选择……你一无所有的同时，意味着你拥有一切。所以不管生活多苦，都笑笑吧！哪怕只是抚慰一下你的灵魂也好。

早上照镜子的时候，发现自己又会微笑了。没有大学，也不是绝路，只不过换了一条道路而已。父亲骑着老旧的自行车，我坐在后面，竟然轻轻哼起了小曲。估计和四虎哼的一样难听，要不然父亲怎么会在前面笑个不停呢！

那天夜里，我梦到了上帝。他有些措手不及，他无论如何也想不到，我这个连他都无力改变的不可救药的人，怎么转眼像换了个人似的？这个终日里对我摇头叹息的小老头儿，终于咧开嘴呲着牙笑了。

令我惊讶的是，他笑的时候，竟然和四虎一模一样。

花香满径，芬芳满心

有一种花香，从人的心灵上散发出来，让灵魂里的每个路口都芬芳无比。

上中学的时候，一个和我一起上学的同伴让我难忘。我们同校但不同班，因为中学在10里以外的小镇上，而且要穿过一座山，所以每天早上天还没亮就要上路。我的胆子小，每次都主动和他搭伴上学。

他也很乐意和我一道去上学。在路上，我们不仅可以互相交流学习的感受，还可以一起背诵课文，山路漫漫，一路上我们有说有笑，那么远的路也就不觉得累了。

就那样，我们共同挨过了许多辛苦的时光。

可是初三的时候，事情忽然变得有些蹊跷起来。他开始变得有些怪怪的，虽然依然和我一起走，却不再和我一起背诵课文，也没什么话和我说，一路上都很沉闷。而且每次走的时候他都要带上一把柴镰。面对我的疑问，他支支吾吾地说：山里有野兽，带上它没准会派上用场。更奇怪的是，每次到学校他都让我一个人先进去，放学也见不到他的人影，因为放学时离天黑还早，我也就没特意找过他，总是一个人回家。但他的行为还是引起了我的注意，我想这里面肯定藏着什么秘密。

我偷偷地来到他家，无意间听到了他和父母的谈话，才知道因为交不起学费，他已经辍学半年了。每次带上柴镰是要顺道砍一些烧柴回去。

我的心，顿时被感动塞得满满的。

第二天，我装作什么都不知道，依然去找他一起上学。他依然带着他的柴镰，在天刚蒙蒙亮的时候上路了。我给他讲我们班里的新鲜事，讲我在书上学到的新课文，不时听到他憨憨的笑声。

又一个春天来临的时候，我的中学生涯终于结束了，我就要去更远的地方念高中了，在学校住校，不能再天天回家了。临走的时候，我与他道别。我说，其实早就知道你辍学了，为什么不告诉我呢？他有些不好意思地说："那段山路你一个人走确实让人不放心，可是刚开始不和你说，最主要的原因是怕你瞧不起我。怕你不愿意再和一个辍学的人做朋友。后来习惯了，就当是锻炼身体了，而且和你走路很有意思。"

"那你知道了为什么不揭穿我呢？"他反过来问我。我说："每个人都有自己的尊严，不告诉你，是想让你觉得我们永远是平等的。"我向他伸过手去，"不管将来我们各自是什么样子，我们都会是一辈子的好朋友。"

他使劲握住我的手，又一次憨憨地说："最后再陪你走一段路吧……"

山上的花草已经开始苏醒。他又一次陪我走过了那段长长的但已是充满花香的山路。

他陪我走过的，是一段山路，而我陪他走过的，是一段心路。我们彼此温暖过，也彼此芬芳过。

花香满径，芬芳满心。

唤醒朵儿的心

女儿的学校组织学生去女子监狱进行感化教育，在那里，每个学生都有机会和那些犯了法的女犯人们面对面地交流。女儿回来和我说，她头一次看到女犯人，并没有想象中的那么坏，相反，她觉得那里的阿姨都很可怜，“不能穿漂亮的裙子，不能梳好看的发型，唉，早知今日何必当初呢！”女儿一边叹息一边像个小大人似的替她们惋惜着，一副忧心忡忡的模样。

老师让学生与女犯人结了对子，定期来监狱进行“心灵救赎”。与女儿结对子的女犯人三十岁左右，“长得好看，很慈祥，一点也不像个坏人。”这是女儿对她的评价。她摩挲着女儿的头说：“我的女儿也像你这么大。”她说她贪污了信用社里的钱，她说她只想给孩子准备好灿烂的前程，没想到，竟然身陷囹圄。她说她很想见女儿一面，可是女儿写信来，嫌她是劳改犯，同学们常常嘲笑她。女儿恨她，不肯见她。

她说她的女儿叫“朵儿”，鲜花一样的朵儿，每个夜晚都在她的梦里盛开。

女儿问了朵儿的学校，她想帮帮和她结对子的阿姨。她觉得既然结了对子，两个人就是好朋友了，她有责任帮她的朋友。

女儿果真找到了朵儿，并不像她妈妈说的那样，鲜花一样的朵儿。相反，她觉得这个朵儿有些萎靡不振，有点自暴自弃。她对朵儿说，去看看你妈妈吧，她很想你。可是朵儿一下子变了脸色，她说她不会去看她妈妈的，她说她心里的妈妈已经死掉了。

女儿坚持不懈地去了好几趟，都是无功而返。无论女儿说什么，朵儿就是不肯去看她的妈妈。

女儿回家，一脸愁容，向我讨法子。我想到了一个办法。我给了她几粒花籽儿，让她告诉朵儿，是她妈妈捎给她的，如果种子发芽了，就说明妈妈一定会改过自新，重新做人，朵儿就要答应去看妈妈。

女儿把我的想法告诉了朵儿，朵儿同意了。

“把这个花盆放我家吧，我替你看着，等发芽了我告诉你。”女儿对朵儿说，朵儿点点头。

从此，这两个小人儿就多了一份差事，每天放学后都会跑到我家的阳台上，精心地照顾她们的花籽，焦急地盼着它早日发芽。她们一边写作业一边和花盆里的种子聊天，她们固执地认为，种子能听见她们的话。她们对着花盆喃喃低语，似乎在与它彼此承诺着什么。女儿自信地说，种子听了我的话，一定会很快发芽，很快开出鲜花来的。女儿也会把朵儿妈妈的近况绘声绘色地描述给朵儿，告诉她，妈妈是如何地想念朵儿。每一次，都会把朵儿说得掉下很多眼泪来。

有一天，天空阴得厉害，我接到了女儿打来的电话。她在电话那边气喘吁吁地说：“爸，你快回家一趟，把朵儿拿到屋子里，我怕下大雨，把朵儿淋坏了……”女儿把她种下的花籽也叫朵儿，或许是她觉得，那种下的本来就是朵儿的心吧。圣旨已下，多忙的事情也得靠边儿站。我知道，那个花盆里孕育着一个心灵的世界，我不敢怠慢。

过了十多天，那种子终于颤巍巍地露出头来，在那个清风徐徐的早晨，它左瞧瞧右看看，对这个陌生的世界充满好奇，不明就里。

女儿一个劲儿地揉着眼睛，不敢相信这个事实。她捧着花盆，和那个初出茅庐的小家伙打着招呼："朵儿，让我领你去看你的妈妈，好不好？"朵儿点点头。

朵儿的心，就那样发芽了。

我帮女儿找来一个罐头瓶子，把朵儿罩上，瓶子里沁着一粒粒生命成长过程中的汗珠。

又一个"感化日"的时候，她们俩拿着那盆花，来到监狱。

女儿回家对我说，她看到朵儿的妈妈搂着朵儿哭得像个泪人似的。她还看到朵儿一会儿哭一会儿笑的，她说她们娘俩，就像一大一小两朵开得正艳的花。

从那次"感化日"后，老师为孩子们布置了新的任务，让每个学生都养一盆花，送给与自己结对子的阿姨。

"爸爸，朵儿会开花吗？"女儿问我。

"每一粒花籽都是一个沉睡着的生命，"我对我的女儿说，"你已经唤醒了她，那么她就一定能够开出世界上最艳丽的花。"女儿若有所思地点点头。

我知道，女儿小小的心已经开花了，因为她唤醒了爱的种子。

满世界荡漾的琴声

那天去学校接女儿放学，她给了我一个莫大的惊喜。

她老远就开始奔跑，边跑边向我大声地炫耀着：爸爸，我获奖了！

原来是女儿参加了学校的才艺大赛，她吹的口琴得了个一等奖。女儿扬着脸，骄傲地问我如何奖励她。我说，走，去吃肯德基。她一下子蹦得老高，直呼老爸万岁。

从肯德基出来，女儿又嚷嚷着要去夜市溜达。难得她这么好心情，况且明天又是周末，我便说，好吧，正好一会儿去看你妈妈的演出。她欢呼雀跃，手舞足蹈。孩子总是那么容易满足，你给她打开了一扇窗子，她便仿佛拥有了整个世界。

让女儿安静下来的，是街边那个跪着乞讨的小女孩。作为一个望女成凤的家长，我自然不肯放过这个教育她的好机会："你看，这是个比你不幸的孩子，你刚刚吃了肯德基，可她却要在这里跪着向人们乞讨。"

"她为什么要跪着呢？"女儿问我。"因为她要博得别人的同情和怜悯。"我不知道这样的教育能否起到作用，只是看到女儿忽然安静下来，似乎在思考着什么。

我看到她在自己的书包里翻腾了起来，然后拿出那个令她获得一等奖的口琴，向我征询道："我可以把这个送给她吗？"

为什么是这个呢？我有些不解。为什么不是给她零钱或者冰淇淋之类的呢？尽管有些疑问，我还是点头答应了。女儿拿着口琴，放到胸口，思忖了一会儿，仿佛下了很大的决心，然后向那个乞儿走去。

毕竟那个口琴是刚买不久的，她有些爱不释手。

我听到女儿对那个乞儿说，有了这个口琴，你就能演奏了，你就可以不做乞丐了。我妈妈就是给人家弹琴挣钱的，可以给我买好衣服穿，领我吃肯德基。

我看到女儿像模像样地手把手当起了"师傅"，教那个小乞儿吹了一首《世上只有妈妈好》。别说，那忧伤的曲调还真能赚人眼泪。

我"配合"着女儿的善举，买了一个小折叠凳给小乞儿，告诉她以后不要再跪着了，要坐着吹口琴。

女儿叽里咕噜地和她说了很多，然后伸出她的小拇指，和她拉钩。原来是女儿答应她，每天放学之后都会到这儿来，教她半个小时的口琴，直到她学会为止。

尽管那天她吹的曲子五音不全，但我还是从兜里掏出一张10元面额的纸币，轻轻放到她前面的小纸箱里。她站起来，欲向我道谢，我说："这是你自己劳动得来的，是你应得的。"我只是想让她明白，从那一刻起，她已经不是乞丐了，而是一个自食其力的人。

这个时候，我发现女孩儿的身边慢慢聚了很多人。那些匆匆忙忙的人都放慢了脚步，因为听到了这琴声。我看到有些人把手里的零钱放到女孩儿的纸箱里，然后摸摸她的头，一副爱怜的样子。那是个很温情的场景。我想那些听了这琴声的心灵，哪怕是获得了片刻的宁静，也是一种收获啊！有爱才有了琴声，我发现那断断续续、稚嫩而又美丽的琴声如同汩汩而出的泉水，正在慢慢注入一些人的灵魂。

而这一切的“始作俑者”，是我的女儿。此刻，我们要去看妻子的演出，我们正在通往音乐的路上。

妻子一直在一个大酒店拉小提琴。我已经很久没去看她演奏了。我在角落里找了一个座位坐下，有些偏僻，但妻子还是看到了我们。她开始演奏，我清清楚楚地感觉到妻子眼中闪现的温柔。

善良的琴声像早春的雨，丝丝缕缕，滋润着万物，滋润着心灵。

一起回家的路上，我和妻子说起女儿今天的“成就”，妻子对女儿赞不绝口。女儿早已在旁边飘飘欲仙了。我点着她的头说，现在可好，我这耳朵里被你们弄得全是琴声，满世界都是琴声了。

心底有棵植物，叫心疼

最近的梦里，时常浮现出那些梦想在飘的美好时节，内心便开始飘荡起袅袅的炊烟，捆缚着那些摇摇晃晃的记忆。

那是一个冬夜，外面飘着鹅毛大雪，我怀念离我远去的一些人和事。那样的夜晚，注定是怀念的夜晚。我把炉火烧得很旺，把自己灌得微醉，那些远去的人和事就渐渐清晰了起来，我似乎隐隐听到了它们慢慢向我走来的脚步声。我的脑海里立刻思绪飞扬，铺开稿纸，我知道，是到了让那些美妙的诗句去稿纸上安家落户的时候了。

如果要为一字头的年龄段添点儿色彩的话，我想我会毫不犹豫地泼上一片蓝，纯净中透着点儿忧伤。

自打我们五岁时相识，她总是无怨无悔地做我的“小尾巴”，经常从家里给我偷好吃的食物，甚至在爸爸打我的时候帮我求情。她有双大眼睛，里面装着最纯最美的世界。初中时我和几个纠缠她的男孩儿打架，输得很惨，她哭得梨花带雨，我感到一种叫心疼的东西在心底发了芽。

我经常领着她，到高高的柴垛上去看云。她总是情不自禁地伸出手，她把云当成了手帕。那时的天空，总是喑哑的蓝，空气中到处弥漫着青草的气味，少年的心思，像那些不停变换着姿势的云朵，有时哭，有时笑，反复无常。

如果要为二字头的年龄段添点儿色彩的话，我想我会毫不犹豫地泼上一片紫，孤零零的绚烂，紫气东来。

二十岁的忧伤是无法理解的。莫名的，无法快乐起来。即便是典当了青春，也买不到通往无忧岛的船票。我想化为美丽的蝶，可好多时候，我会抱着蜕下的蝉衣痛哭不已。

无意间翻过的一本相册里，看到了我与她的合影。我的心，被一根线不停地扯动，才知道，那棵叫心疼的植物已经枝繁叶茂。

高中毕业，我在家游荡，她进了北方的一所大学。第二年，她写了封信给我，问我知不知道有一种叫青梅竹马的爱情，我撕掉了那封信，我知道我已配不上她，背起包登上了开往南方的火车……我现在的女朋友，有双大眼睛，她总是好奇地问我，为什么你小说里的女主人公都有一双大大的眼睛？我没告诉她，其实我在写每一部小说前心里都有一个声音：此情可待成追忆，只是当时已惘然。

现在，我可以这样轻松地说出我的过去，但却翻不出它的痕迹。遗忘是那缕可以安慰我的风。

如果要为三字头的年龄段添点儿色彩的话，我想我会毫不犹豫地泼上一片黄。成熟的同时，做好枯萎的准备。

当我们再也无法重走一遍记忆中的路，你会被自己的脚印深深打动，就连那些曾绊过你的石块儿，阻拦过你的深沟，都亲切无比。

再见她的时候，是在一个风景区里。我们在不同的世界里，却来看同一个风景。是的，我们在各自不同的世界里，她是宝石蓝，而我是岩溶灰。蓝对灰说，时光像长了翅膀，把你带走了那么久。灰对蓝说，是啊，可是谁又能躲得过时光呢？其实我在心底要说的是，你还是我的“小尾巴”，关于你的记忆，总是不知疲倦地跟着我奔跑，不管白天还是黑夜。

但我已不再心疼。看到她的无名指上闪着耀眼的幸福的蓝色，我的心竟轻盈得要飞起来。我知道，心底的那棵植物已经成熟，同时也意味着枯萎。

拉开窗帘，迎来了新的阳光。太阳从灰蒙蒙的地平线上升起，如同令人垂涎的新鲜的蛋黄。那些或快乐或伤感的记忆，就都立时谢了幕，宛若明日黄花。明日黄花，任它去飘零吧，只要往事的缝隙间存留着一抹袭人的香气，在低头的刹那，从袖口间盈盈飘过，醉着一颗心，从年少到垂暮，从童颜到华发。

纵使我的曾经，已成一缕枯草，毕竟芬芳过。

蔓延的花香

有一天，对面邻居在楼道里放了很大的一盆花。看样子好像是要扔掉。我是个爱花之人，况且新搬来这个楼没多久，家里还没有置办一盆花，便想把它要来。我试着去敲那家的门，门开了，一个穿着睡衣的男人好像没睡醒的样子，一张脸仍然被好梦和噩梦纠结着。

“不好意思，打扰你了，我是对面新来的邻居，来和您打个招呼。”

“哦，你好你好。”他使劲甩了甩脑袋，试图把瞌睡虫赶跑。

“我想问问您，门口的这盆花，可否送给我呢？”

他停顿了一下，然后微笑着说：“当然当然，如果喜欢你就搬回去好了。”

我乐不可支。他主动帮我把那盆花抬了进来。

我围着那盆花，搓着手，龇着牙，左看看，右瞧瞧，哪点也不像有病的样子啊，疑惑着那家人为什么要把它扔掉呢。

不一会儿，我听到有人敲门，我开门看到是对面的他。手里拿着一个小喷壶，对我说，我家里有好几个浇花的小喷壶，我昨天来，看你家里没有花，知道肯定没有这个，省得你买了，送你一个。我连声道谢，这邻居，真是热心肠的人。

又过了没多大一会儿，又敲门了。我开门，看见还是他。

“不好意思啊，打扰你休息了。”他说，“那盆花吧，这两天有点生小虫子了，明天你去花店买点驱虫药啥的，免得你家里到处都是那种小飞虫。”

我不禁感慨，这年头，这样热心的邻居还真是太少了。我是多么幸运，能与之为邻。

妻子回来，看到这盆花，喜欢得不得了，问我花多少钱买的，我说是对面邻居家要扔掉，我要回来的。

“真是个不爱花的人，这么好的花，怎么说扔就扔了呢？”妻子一边用纸巾轻轻擦拭花的叶子，一边小声嘟囔着。

“就是啊，谁像你，简直就是个花痴。”我取笑她。

就在这时，我听到对面有人敲门，继而听到了一段令我脸红的对话。

“老公，给我开门，我忘记带钥匙了。”

门开了。

“老公，你把花搬回去了？”

“没有，那盆花让我送给对面的邻居了，他刚搬来，家里一盆花都没有，人挺好的。”

“那可是我最喜欢的一盆啊，你怎么能送人呢？我让你把它放到楼道里，是为了让它散散身上的霉气。没想让你送人啊。”

“没事，只要都是爱花的人，花放在哪里又能怎么样呢？”

“唉，你呀，就知道自作主张。算了，送了就送了吧，总不能再去要回来。”

……

我愣住了，原来人家并没有准备扔掉啊，这事弄得。我的脸红得像灿烂的晚霞，妻子却乐得前仰后合。

“把花还给人家吧，如果人家为这个事吵起来就不好了。”妻子说。

可是我真的挺舍不得的，如果当作没听见，不就完了吗？得，不管了，要送也明天再说吧。

“咚咚咚”，又有人敲门，唉，这一天啊，这门还没消停过。

我通过门眼看过去，看到是对面的两口子，我想完了，这女的一定是要她的花来了。

我开门，那女的一脸笑容说道：

“这盆花啊，挺不好养的，我这个本上记录了一些它的习性，你们看看吧，希望能有点用。”

“谢谢，谢谢……”我和妻子着实有点慌了，竟然忘了请他们进屋来坐。

“对了，忘了告诉您。”在她关门的刹那，又一次探出红扑扑的脸来，“那盆花啊，估计要开花了，这几天不能浇太多的水……”

转身回来，看着那盆花，我和妻子无形中竟感到了一种责任和压力。这不仅仅是一盆花，更是一颗有些偏执的爱花的心啊。

仔细看看那花，确实全身都涨满了花蕾，虽然还没有开花，但我们似乎已闻到了浓浓的花香，在满世界蔓延开来。

梦是夜的花朵

最近孩子睡觉特别早，而且总是说梦话，像是在和一个人聊天的样子。

自从孩子的妈妈去世后，我感觉到她明显地变得不愿意说话了。以前那个好动的女孩子一下子变得文文静静，连走路似乎都没了声响。我多么希望她还像以前那么淘气啊，到处翻弄她收藏的“破烂”，自己玩“过家家”，把自己的屋子搞得像个猪窝，让你跟在她的屁股后面不停地收拾和埋怨。现在，她的屋子干干净净的，却少了一份孩子该有的活泼。

在妻子离去的日子里，我常常被思念撕咬着心。但我尽力不让女儿看到我的悲伤，我总是趁洗脸的时候，把泪水偷偷地运送出去。但孩子似乎一下子懂事了，她怕惹起我的伤感，很少和我提起她的妈妈，甚至，她书桌上那张她妈妈的照片也被她放到了背面，正面是依然阳光灿烂的她自己，在花丛中璀璨如一只欲飞的蝴蝶。

我给她租各种动画的碟片，在电脑上下载游戏，想尽办法让她玩。可她好像突然对这些都不感兴趣了，每天回来就埋头写作业，心无旁骛。然后就嚷嚷着要睡觉。

对于女儿的变化，我有些惴惴不安，担心长此以往，孩子会生病。周末的时候，我领她去吃肯德基，她一个劲儿地问我几点了。我对她说，今天是周末，作业可以明天写，今天晚上可以多玩一会儿。她却很坚持原则，用不容商量的口气对我说，8点半必须到家。到家后，孩子看了看钟表，连澡都没洗就迫不及待地钻进了被窝。我有些疑惑，女儿小小的心里似乎隐藏着什么秘密。

我想孩子的心理一定出了毛病。我领她去看了心理医生。医生说她是典型的忧郁症，是由于失去了最亲近的人所导致的。医生建议我多陪陪孩子，那样有利于孩子早日从伤心的泥沼中爬上岸来。

她生日那天，我领她去溜旱冰，难得看到她那样高兴。女儿聪明，学什么都快，我带了她两三圈，就能自己慢慢滑了，看着女儿像一只刚刚长满翅膀的雏燕，跃跃欲试，学着飞翔，我的眼底便蓄满了泪。孩子，这才是你应该过的生活。那些生存的苦难，不该是你这样一颗幼小的心灵承受的啊！

可是她并没有忘记她的睡觉时间，滑了一会儿，她就问我几点了。我故意骗她说刚刚七点。她玩得很开心，笑声璀璨，如圣诞的烟花。

回到家的时候，她看到闹钟上显示已经十点多了，马上问我是不是她的闹钟出毛病了。我点着她的小脑袋，笑着说："傻瓜，爸爸骗你的。今天是你的生日，又是周末，就是想让你多玩一会儿。爸爸很久没陪你了……"没想到她还没等我说完，就"哇"的一声大哭了起来，令我手足无措。

"今天是我的生日，妈妈看不到我，会很伤心的……"她伤心地哭着说，"在医院最后一次看妈妈的时候，妈妈在我的耳边说，每天晚上九点都会到我的梦里来看我，我们还拉钩了呢。"

原来，这就是孩子所有的秘密！

我眼前浮现出临终的妻子那张苍白虚弱的脸上尽力露出的微笑，看到她艰难地伸出她的小指，和她的女儿拉钩，许下她们相约的诺言。

她们约定：每天晚上九点，在梦中，不见不散。

为了这个约定，女儿始终坚持每天晚上九点之前睡觉。

我为女儿铺床的时候，一眼便看到了她的妈妈。原来，女儿把妈妈的照片放到相框的背面，是为了能在睡觉的时候更近地看到她啊。看来，我们一直都未曾失去什么，我们依然可以快乐地活着。梦真是一个神奇的宝贝！白天丢掉的，在梦里可以拾捡回来；现实中没有的，用梦可以补上。

夜里，我蹑手蹑脚地去女儿的小屋，小心翼翼地给她盖被子。我怕惊动她，她现在一定在和她的妈妈玩耍，或者赖在妈妈怀里缠着妈妈给她讲故事呢。我看着她甜甜的微笑着的脸，在那个梦里，慢慢绽放成花朵。

你望到晴天了吗

只有接受阳光，你才能忘掉过去的阴霾。阳光不仅可以把一颗心从泥沼里打捞出来，而且还会为它装上琴弦，弹出美妙的乐曲。

她的网名叫“忘情”。她说她正在经历人生的雨天，因为丈夫的背叛。

她说她的内心时时刻刻被仇恨包裹着，她不再相信感情，她说她的生命中不会再有阳光。

透过屏幕，我感觉到了一颗潮湿的心，布满青苔。那些过往的岁月像那些生生不息的植物，越是想忘记越是疯长，折磨着她的分分秒秒。

她在那边无拘地倾诉，我在这边安静地倾听。我不知道该怎样安慰她，那一刻我感觉到了语言的苍白。就这样，我们成了朋友。我的倾听让她的疼痛有了些微的减轻。

又一个孤独的夜里，我打开电脑，上了线，看到好友栏里的她依旧是黑白照片，她不在线，或者在隐身。我很少看到她在线上穿着彩色的衣服，就像她的心情，灰暗而潮湿。

思来想去，我给她留下了一句话：心若潮湿得久了，会生细菌，去晒晒太阳吧！

没想到她马上就回话了，果然，她在隐身。

她说，阳光只能照着她的身体，照不到她的心。正因为无法忘情，所以希望自己失忆或者长眠不醒。

我开导她说，人的生命中除了爱情，还有很多值得热爱的东西。你不一定要重新开始一段爱情，但你至少可以在亲情和友情那里得到些许安慰。

我知道那些安慰的话在她那里收效甚微，可是我没有放弃，仍旧孜孜不倦地开导她。我一门心思想要把一颗顽固的心从泥沼里打捞出来！

我打字用的是拼音输入法，由于疏忽，把她的名字打错了，竟然把“忘情”打成了“望晴”！这个错误让我眼前一亮：“望晴”不是比“忘情”好吗？毕竟一个是充满希望的，而另一个却如死灰般绝望。

一个多么好的“笔误”！

我便顺理成章地为她改了名字：“望晴”。我解释道：“望晴”是一种积极的人生态度，是一颗向上的心。而“忘情”是消极的，沉溺于伤感的泥沼，毁灭着一种美好。

我对她说，生活也如同我们在线上聊天一样，不要总是隐身，拒绝好友们阳光般的问候，把自己弄成旧时代的黑白照片。要学会敞开自己，打扮自己，让自己灿烂。那边是长久的沉默，我想是她开始在思考我的话了吧。

后来的某一天，我看见了好友栏里的她，亮闪闪地在线上招摇，还为自己定制了鲜艳的衣服，花枝招展的，异常美丽。而且，我看到她的名字也悄悄地换成了“望晴”。她的个性说明上写着：相信自己会望到晴天！

我如释重负，仿佛看到了阳光下一株即将枯萎的植物又顽强地活转过来。

在生命的历程中，当你经历苦痛的时候，是否想过，人生可以有另一种解释，它可以让你从生活的阴面走到阳光中来。

如果你是一朵花，请感恩阳光

充满善意的心灵是可贵的，而那些对你的小小善举报以微笑的人，是可爱的人。

暑假回家的时候，我在公共汽车上一共给五个人让了座，这其中有三个老人，一个抱孩子的人和一个拄着拐杖的人。但让我闷闷不乐的是，除了那个抱孩子的人和一个老人说了声谢谢之外，其他三个人都像是我欠他们似的，理所当然地坐下，对我的善意熟视无睹。

回家和母亲充满怨气地说起这些事情的时候，母亲笑着问我，那以后遇到有难处的人你还帮不帮啊？我不置可否。母亲说，对人施以援手是我们的事，别人是否感恩是他们的事，难道你在做那些事情的时候是想让别人来感激的吗？听了母亲的解释，我心释然。

母亲是个热心肠的人，被她帮助过的人数不胜数。用母亲的话说，那不过是一个个举手之劳罢了。

母亲说，有一次在大街上，她看到一个老人推着三轮车在沿街叫卖，三轮车上装着满满的蔬菜，推起来有些吃力。在路过一个上坡的时候，老人使出全身的力气推着车子，但车子太沉重，眼看就要退回来了。母亲远远地看到，就一路小跑着过去，帮着老人把车子推了上去。

“他也是一个谢字都没说，”母亲说，“可是他把车子停稳当了之后，从后面撵上我，手里捧着几根水灵灵的黄瓜，非要我拿着，他说那是自己园子里种的，没用化肥，好吃。我推脱着不肯要，老人竟然挡着我的路，硬生生地往我手里塞。我知道我不能再推脱，因为我不能拒绝一颗感恩的心。”

上高中的时候，我的一个同学，家境很困难，自幼丧母，父亲又体弱多病，而且在他第一次参加高考前一两个月时去世了。

第一年高考，他落榜了。他选择了重读，然而，第二次高考，他依然名落孙山。他读第三年高三的时候分到了我们班，班主任知道了他家的情况：父母亲全都去世了，只有一个小他两岁的弟弟，在南方打工，挣了钱寄给哥哥，供他读书考大学。

班主任知道后大为震动。第二天，他就发动了许多老师和学生为我的那位同学捐款，而且自己也拿出了不少的一笔钱财。当班主任把一大把钞票递给那位同学的时候，想不到他将钱接了过去，然后狠狠地砸在了班主任的脸上。接着转过身去，一步一步地离开了，连头都没有回一下……

我们全都被那位同学的举动震惊了，我们看见班主任的眼中泛着泪光，用一种难以言说的目光望着那位同学离去的倔强的背影……

对那位同学的骨气我非常佩服，但对他的做法却很不赞同。他认为这是一种伤害他尊严的怜悯，但他没有想过，这份怜悯里凝聚了多少人的爱心，他将别人的爱心推向了悬崖。

我认识一位朋友，他是一个残疾人，所以经常碰到一些出于怜悯而给予的帮助，他大都礼貌地拒绝了。拒绝之余，他仍然不忘真诚地感谢别人的善意，他说：“不管出于何种原因，别人的怜悯终究是一种良知，是一种善意，是一种美德，是一份真诚。我们接受也罢，拒绝也罢，至少我们应该以一种感恩的心情去面对别人的关切，并真诚地给予回报。”

是啊，你可以不高贵，但你一定要有感恩的心。它如同一块香料，揣着它上路，会让你的心时时刻刻盈满暗香。

如果你是一朵花，请感恩阳光；如果你是一颗果实，请感恩秋天；如果你是一只鸟，请感恩天空；如果你是一尾鱼，请感恩海洋……

满世界旅行的母爱

春节回家的时候，为了给家人一个惊喜，只说了个大概的时间。可当我满心喜悦地提前3个小时回家的时候，我看见母亲早已站在家的路口，身上落满雪花。我惊讶地发现，那么多的苦日子都没有击倒母亲，可是现在，轻轻的雪花，却轻易地将母亲的脊背压弯。我一边替母亲掸着身上的雪，一边埋怨她不该在大冷天出来接我，母亲不停地为我搓着手，从她粗糙的手掌上传递过来的温暖，让冰天雪地里的我，感觉心已跳跃在春天的枝头。

由于我特殊的工作性质，每年都要到处走。上半年在广州，没准儿下半年就在上海或者哈尔滨了。随着我辗转各地，母亲的心也跟着满世界旅行。电视节目里，母亲最关注的是天气预报，我在哪个城市，她就会看哪个城市的电视节目，关心哪个城市的天气。有一天早上我还没起床，母亲就打来电话，让我多穿点衣服，说今天会变天，气温会下降5℃。我听了她的话，套上厚厚的衣服出了门，一上午热得我汗流浃背，不住地在心底埋怨老妈。可是下午的时候，果然变了天，骤然起了风，看着满街的人都竖起脖领，瑟缩着身子，我又开始佩服起母亲来，她的天气预报甚是灵验！

邻居们在一起聊天，谈到广州那边的新闻，母亲就会凑上去听，因为她的儿子在广州；母亲迷迷糊糊似睡非睡的时候，听到新闻联播里播出云南连降暴雨的消息时，一个激灵坐起来，把声音调大，要听个仔细，因为她的儿子在昆明；在公园里晨练的时候，听到太极功友们聊起广西特大车祸的时候，她凑上去，详细打听其中的细节，因为她的儿子在广西……母亲的心就这样跟着她的儿子到处游走。

我每到一个新城市，都会在第一时间接到母亲打来的电话。她对这个新城市的了解似乎比我还多，她会不假思索地说出这个地方的名胜古迹，甚至一些风土人情。因为我，母亲快变成一个“纸上谈兵”的旅行家了。我在诧异的同时，感到深深的暖意，因为我知道，为了孩子，母亲的心翻山越岭，一刻都不曾停止过她的牵挂。爱，使她游走各地，踏遍千山万水，从来不知疲倦。

一朵单眼皮儿的花

花儿是个单亲家庭的孩子，从出生起就没有见过爸爸。每一次向妈妈问起爸爸的时候，妈妈情绪总是很激动，说爸爸是个“丧良心的家伙”。后来从邻居们口里隐约得知，爸爸和一个比妈妈年轻漂亮的“小妖精”好了，就不要她和妈妈了。听到这些，她那小小的心结了霜，就像秋寒中的一朵小花儿，弥漫着一圈忧伤的雾霭。

母亲含辛茹苦带着她，让她看到了很多她这个年龄所看不到的辛酸，这些困苦让她早早地就长大了。

从那以后，花儿不再向妈妈问起爸爸，如果不小心将话题绕到这上面，她也赶紧岔开，她知道，不仅是自己，爸爸更是妈妈心头永久的伤。

看到妈妈每天如此劳累，花儿很心疼，所以尽量多替妈妈干一些家务，除此之外，她全部的时间都用来学习，她知道，只有自己学习好了才能让妈妈高兴，因为每次只有拿出成绩单给妈妈看的时候，才能看到妈妈脸上绽放出久违的笑脸。

“妈妈多好看啊！大酒窝，还有双眼皮儿，爸爸为什么会不喜欢妈妈呢？”每每这个时候，她总会在心底不自觉地想。

“妈妈，怎么你是双眼皮儿，我却是单眼皮儿呢？单眼皮儿不好看，我想要双眼皮儿。”她对着妈妈撒娇。

“宝贝，还没到时候呢，你现在啊，就像是还没有完全发育好的花朵，等你大了，自然就有双眼皮了。不管是随我，还是随你爸爸，你都应该是双眼皮的。”

妈妈还是不自觉地提到了爸爸，那一刻，她们彼此望了一眼，愣了一下，继而心照不宣地绕过去。尽管如此，花儿的心还是被一股小冷风猛地抽打了一下。

在大街上，饭店的橱窗里，总能看到一些爸爸妈妈领着孩子一家三口其乐融融的情景，这时候她就会呆呆地望着，心底又流了泪。如果有爸爸在，她该多么幸福啊！而现在，她孤单地站在那里，薄薄的，像一片叶子，就算是大热天，也打着冷战。

转眼就上初中了，花儿仍旧还是单眼皮儿。“我还没有长大啊。”对着镜子，她自言自语。

一次作文的题目是“我的父亲”，把她难住了。她终没有落下一个字，空空的白纸像一片雪地，没有一个脚印，却有一个大大的泪痕。

老师是个细心的人，她望着花儿的稿纸，抚摸着那滴泪痕，她想，花儿一定是个伤心的孩子。

“我不敢相信，这个作文能难住你。”在办公室，老师问花儿。

花儿眼圈红红地说，从小就没见过爸爸，不知道爸爸的样子。

是啊，其他的或许可以杜撰，可是这个爸爸却无法虚构。老师把哭泣着的花儿紧紧抱在怀里，不停地摩挲着她的头，老师是打心眼里疼爱着乖巧的花儿。

班级里开班会，主题是“孝敬父母”。那天，教室里气氛热烈，孩子们纷纷谈论着自己的爸爸妈妈，讲自己在家里和爸爸妈妈相处的情形，只有倒数第二排的花儿，始终低着头，一言不发，她害怕同学们问她关于爸爸的话题，父母是孩子的两个翅膀，而她只有一个，所以飞得很笨拙，很难看。

可是终究还是没有躲过，老师点了她的名字，让她发言。她嗫嚅着，欲盖弥彰。

“别怕，孩子，说吧。”老师不停地鼓励着她。她想不明白，老师为什么非要和她过不去，非要在同学面前揭她的短呢？她想，瞒是瞒不住了，索性就掀一次伤口给他们看吧。

“我没有爸爸，只有妈妈。”她鼓足了勇气说道，“所以我会更好地孝敬妈妈，因为她太累了。”

教室里先是静了一下，然后就喧哗起来，她看到同学们脸上既有同情又有鄙夷的神色，这令她极不自在。

“同学们，”老师说道，“花儿同学虽然是单亲家庭的孩子，但是她用行动证明了自己，她一样可以成为一朵饱满的花儿，尽管暂时还是单眼皮儿。”

同学们都被逗笑了。她也笑了，从小到大第一次如此纵情彻底地笑。

“每一个单亲家庭的孩子，都像是单眼皮儿的花，如果努力生长，也一定会开得异常灿烂，精彩纷呈的。就像咱们的花儿同学，虽然没有父亲，但一样是一朵美丽的花，一朵坚强的花。”

那天晚上，她在日记中写道：今天我才知道，原来，单眼皮儿的花，也可以成为天底下最美丽的花儿，只要你肯走出阴霾。妈妈、老师、同学……像密集的阳光，呼啦啦一下子围上来，张着柔软的触手，一寸一寸温暖着我……

春 分

暖气停掉了。靠自己来取暖吧。如果春天是一杯温暖的羹，我愿天不亮就去排队，分一杯。

——春分

上帝有个神奇的模子

莫太太是个遗孀，5年前，她的丈夫因公殉职，从那以后，她和女儿相依为命。可就在两个月前，这唯一的亲人也因为车祸离她而去。

如花似玉的女儿，刚刚过了20岁生日。而且在大学里品学兼优，有着无比灿烂的前程！

整个世界都黑了，黑得没有边际。她永远忘不掉，吹灭生日蜡烛的时候，女儿许下的愿望，女儿说，要让妈妈过上幸福快乐的日子。可是女儿走了，把这个美好的愿望也永远掐灭了。

莫太太一夜间就衰老了，一个中年妇女一下子就成了一个孤寡老人。

可是有一天，莫太太看到了她的“女儿”，千真万确，她们简直太像了，她永远不会忘记女儿的一颦一笑。“莫非，是女儿从天堂来看望我吗？”莫太太躺在病床上，异想天开。

那天她晕倒了，在人潮汹涌的街头，是艾迪把她送到了医院。莫太太不知道什么时候醒来的，她以为是在做梦，因为她看到了自己的“女儿”。

她喊着女儿的名字，向艾迪张开了怀抱。“我叫艾迪。”艾迪吻了吻莫太太的脸颊，把她拉回现实。莫太太无比怅惘地“哦”了一声，她知道自己又在自欺欺人。

莫太太的身体一天天好起来，精神状态也恢复了过来。不知道为什么，每天看着艾迪忙前忙后地照顾她，莫太太的心头总会掠过一丝幸福的感觉，她有些依赖她了。

而艾迪呢，自从母亲过世后，也一直是孤单单的一个人。她在莫太太的身上，同样看到了母亲的影子。莫太太慈爱的眼神，每天都会在她的身上轻轻扫过。有时候，她也会撒娇一样躺在莫太太旁边睡一夜，她说，单位的宿舍冷，她不愿意回去。

“那你的家呢？父母不惦记吗？”莫太太终于推开幻想，问躺在身边的艾迪。

“他们去年出了车祸，撇下我一个人。”艾迪幽幽地说。

哦，可怜的孩子。莫太太轻轻吻了下艾迪的额头，为她掖了掖被角。那天夜里，艾迪的脸上始终挂着幸福的微笑。

艾迪说她是一个刚刚毕业的大学生，找到了一份工作，暂时还没有租到房子，只能在单位里住冰冷的宿舍。她说那个地方很难租到房子，她跑了好几天，也没有租到。

莫太太出院了，她把艾迪领回家。天气凉了，她看到艾迪仍然穿着很单薄的衣衫。她找些女儿的衣服给她，她给艾迪看她女儿的照片。“真的很像呢。”艾迪在心底默默地对自己说，天底下怎么会有这么奇怪的事情?

莫太太一边给艾迪收拾衣服，一边唠唠叨叨地让艾迪小心这小心那，半天才想起来，她误把艾迪当作自己的女儿了，有些不好意思起来。

最后，莫太太把一把钥匙递到她的手里。

“你是说，我可以住到这里来是吗？”艾迪问道。

“为什么不呢？”莫太太说，“这房子太大，我自己住真的太闷了。不介意的话，就来给我做个伴儿吧。”

莫太太想，上帝一定有个神奇的模子，可以造出一模一样的人来。艾迪就是他造出来的那个人，感谢上帝，他是多么可怜我啊!

而那天夜里，艾迪也在自己的日记中写道：“人有旦夕祸福，命运反复无常，不可捉摸，但是即使你失去了你最亲的亲人，你也要好好地活下去，因为你曾经的幸福和快乐，上帝会在人世间另外的地方为你做一个备份，只要你勇敢、坚持不懈地去寻找……”

“欢迎你回来，”第二天，莫太太向回家的艾迪张开双臂，“我的孩子，你是好心的上帝用他的模子，为我复制出来的幸福。”

“你也是。”艾迪哭泣着扑向莫太太的怀抱，轻轻地唤了一声，妈妈!

顺着花开的方向回家

她的叛逆期来得有些早。

她还只是个初中生，还有一年就中考了，可是偏偏这个时候就不爱学习了，开始喜欢穿漂亮衣服，从吃饭的钱里省出来一些，买了眼影和假睫毛，喜欢往脸上鼓捣一些妈妈用的化妆品，喜欢和其他不爱学习的学生一起，去外边疯玩儿。

父亲举起的拳头却不忍落下，转而砸向一旁的墙。

母亲总是轻轻地叹息：这孩子，咋越来越不听话了呢!

无来由地，她开始喜欢和父母顶嘴，越是不让去做的事情，偏偏要去尝试，直到有一天，发生了那件令她后悔不迭的事。

在网吧上完网，一个聊了许久的网友说要请她喝咖啡，她开始有些犹豫，可是经不住那个人的软磨硬泡，就答应了。在咖啡厅里，氤氲的气氛让她又兴奋又有些害怕，毕竟她还是个孩子。

那是个30岁左右的男人，看样子并不坏，还很绅士，对她处处都很照顾，单凭这一点，就足以杀伤不谙世事的女孩子。

喝完一杯咖啡，她就感觉有些头晕，她想回家，他提议开车送她，她已没有了力气拒绝。

迷迷糊糊中上了他的车，走的却是和家相反的方向，他带她去了一家宾馆。

醒来的时候，她发现自己一丝不挂，白色床单上洇着几滴令人炫目的鲜红，而那男人早已不知去向。

顿时，她什么都明白了，那男人在咖啡里下了迷药。她的一生，还没来得及绽放，就要早早枯萎了。

她不知道该怎么和父母说，她现在才知道，父母的严厉都是为了她好。她一直把这个世界想象得那么好，不承想，还有这么黑暗的一面。父母是过来人，知道的东西多，所以严厉地管束她，其实是在保护她啊。可是现在，什么都晚了。自己还有什么脸面，去见父母呢？

她选择了离家出走。漫无目的，就走进了一片森林。

她迷路了，最开始还没有害怕，她想，会不会像白雪公主的故事一样，有七个小矮人来拯救她呢？直到天色已晚，小矮人也没有出现，远处还隐约听到了野兽的吼叫，她害怕了，大声地哭了起来。

正巧有个牧羊人在往回赶羊，她如同抓住了救命稻草一般，紧紧跟着牧羊的老人，说自己找不到回家的路了。

“年纪轻轻的孩子，怎么一个人跑出来了，难道不怕父母为你担心吗？”老人一边斥责一边心疼着，让她跟着他走。

“以后再有迷路的时候，就顺着花开的方向走，运气好的话，就能走出去了。”老人说。

这句话就好像是一块石子，猛然投进了她的心湖，荡起一圈一圈美丽的涟漪。

迷路的时候，就顺着花开的方向走。顺着花开的方向，就是顺着阳光的方向。

她想到了父母等待她的焦急的心，一定是痛苦地煎熬着。

她走出了那片森林，加快了回家的步伐，她急着要和父母说："我错了。我还是一只没长成的小鸟，我愿意住在你们用关爱为我造的笼子里，那里是温暖的，没有危险。"

人生总有迷路的时候，这时候，只要你选择顺着阳光的方向走，就会走出阴霾，看到一片晴朗。

顺着花开的方向，就能回家。

善良很小，却是一盏灯

一连好几天，父亲下班回来，都是闷闷不乐的样子。母亲问缘由，父亲说同事的母亲病了，同事是个孝子，他看不下去同事哀伤的样子，就跟着难过。还有一次，父亲长吁短叹，原来是邻居家刚刚下岗的男人把三轮车开翻了，压断了腿，使原本就很贫寒的生活雪上加霜。“唉，这老天怎么总是跟你们过不去呢？希望他能快点好起来吧！”父亲拿了二百元钱给他的妻子，尽管杯水车薪，总能让逆境中的人暖暖心。

把别人的忧愁当成自己的忧愁，这是因为一个“善”字在心底亮着。父亲的这些举动让我想到了夏丏尊先生。丰子恺在写到夏丏尊的时候说：“凡熟识夏先生的人，没有一个不晓得夏先生是多忧善愁的人。他看见世间一切不快，不安，不真，不善，不美的状态，都要皱眉，叹气。朋友中有人病了，夏先生就皱着眉头替他担忧；有人失业了，夏先生又皱着眉头替他着急；有人吵架了，有人吃醉了，甚至朋友的太太将要生产了，小孩子跌跤了——夏先生都要皱着眉头替他们忧愁。学校的问题，公司的问题，别人当着例行的公事处理，夏先生却当作自家的问题，真心地担忧。国家的事，世界的事，别人当作历史小说看的，在夏先生都是切身的问题，真心地忧愁，皱眉，叹气。”

这些为他人忧心的善念使夏丏尊先生的心始终是潮润的，以至于他在翻译《爱的教育》时，一边翻译一边流泪。

一个人在暗夜里常常思考的是，生命中最珍贵的品质是什么？我认为是善良。有爱心的人是这个世界上最可爱的人，他们时刻指引着我们，朝着幸福的城堡进发。对于无家可归的人，一场雪是疼痛的，对于有家的人来说，那些疼痛就变成了幸福的地毯。我亲眼看到两个无家可归的孩子，在火车站的空地上堆了两个大大的雪人，一个是爸爸，一个是妈妈。他们的脸冻得通红，却不肯离开“爸爸妈妈”半步，就那样在雪地里痛并快乐着。我无法熟视无睹，我从即将开动的火车上跳将下去。“我忘了我的行囊”，这当然是一个对列车员说的非常蹩脚的谎言，然而对于一个被唤醒了良心的人来说，这个谎言价值连城。当每个人都为自己的灵魂裹上这样一副行囊，人世间该是多么温暖的天堂！

遇到歹徒行凶时你不敢出手相救，那是你的懦弱，这只能说明你不勇敢，不代表你不善良。那个时候，善良被懦弱紧紧地压在下面，翻不过身来。你的同行们没有理由埋怨你，因为他们把头埋得比你还深。在平静而有序的生活中，人们并不需要有人告诉他该怎么生活，往哪儿走。但在形势险恶、人们惊慌失措时，却十分需要一盏指路明灯。那时候，一双紧握的拳头，或者一双疾恶如仇的眼睛，都可以把忐忑不安的人们凝聚到一起，吓退邪恶。每一个人都可以是英雄，只要你把心底那盏小小的善的灯慢慢放大，你便会毫不畏惧。

更多的时候，善良很小，掀开别人的伤口时，你没有幸灾乐祸，你就是善良的；路经别人的苦难时，哪怕一次皱眉，哪怕一声叹息，也都是你的善良。

善良很小，却是一盏灯。它那微弱但生生不息的光焰，可以在满世界游走。

生活是一团面

母亲说："生活，可以是你想过成的任何样子！"对此，我深信不疑。

刚参加工作的时候，我为自己过于外露的锋芒埋过单。

那时的大学毕业生都是分配工作的，毕业后，我被分配到当地的一个小税务所工作。那时，我怀着满腔的抱负，要干出一番出色的业绩来。可是我自认做得很出色，却总是得不到领导的赏识，这令我很是郁闷。

印象最深刻的一次是，我用我的生花妙笔把单位里的工作修饰了一番，投到当地的报社，竟然在头版头条刊发了。这在我们单位可是破天荒的头一次。我兴高采烈地拿着这张报纸给我的部门领导看，得到的却是他一通劈头盖脸的责问："你请示过吗？谁让你私自乱发有关咱们单位的稿子？回去写个检查，要深刻。"

"可我写的都是咱们单位正面的业绩啊，难道这也有错吗？"我辩驳道。

"这不是正面反面的问题，而是你眼里有没有领导的问题。"他说到了问题的实质。

我心里憋着一股气，终究没有写那个所谓的"检查"，因为类似的事情不止这一次。每次都是被一盆冷水浇灭了我工作的热情。

我有些想不通，找到一个在仕途上混得风生水起的“高人”，他指点我说：“年轻人，要收敛一下你的锋芒。如果你锋芒太盛，很容易招致别人的嫉妒，尤其是你的上司，你这样出色，他会有危机感的。”

一语道破！我顿时觉得在机关工作的无聊，长此以往，不仅会消磨一个人的意志，也会使一个人变得愚钝和庸常，我渐渐动了退隐之心。

我想辞去现在的工作，可遭到了几乎所有人的反对。我那可是吃国家粮的“金饭碗”啊，多少人羡慕得不得了。那些日子，我在痛苦中煎熬。

在那些反对者里，有一个声音不那么激烈，相反却是极其温和的，那来自我的母亲。

母亲擅长做面食，她说经常吃面食，对胃有好处。不得不佩服她的是，一周下来，她做的面食不会重样。

有一天，她领着我来到厨房看她和面。

“妈，难不成你要教我做饭吗？”我有些不解地问。

母亲微笑着，没说什么，只是用那些面捏了一个面人，别说，还挺好看。“行啊，老妈，还会这么一手呐。”

母亲仍旧没说话，把那个面人一下子又重新揉到面里，接着又变戏法一样，鼓捣出一个别的样式来。我以为母亲是看我这几天心里难受，要用这种方法逗我开心，还把我当三岁小孩子呢！

母亲终于说话了：“你看，这是一团面，你蒸馒头，捏面人，烙煎饼，擀面条……任你双手所能做成的，都叫作品。只要你是喜欢做成那样的，都叫有意义！工作也一样，不管做什么，都是有意义的，只要用心去做了。”

母亲的话让我心头一震，是啊，生活就是一团面，要捏成什么样，都在于自己。

我毅然决然地辞了职，在众人的扼腕叹息里，昂着头走出去。后来，我去了北京，在一家出版社做编辑，编了很多精美的图书。我觉得，我的人生很有意义。

生活是一团面，每个人都可以捏出自己想要的人生。

般配

朋友在夜市开了一个大排档，邀我去品尝一下他的手艺。遂约了几个要好的哥们儿去捧场。别说，朋友的手艺还真不错，天气燥热，哥儿几个不一会儿就干掉了一箱冰啤酒。正喝到高兴处，进来一对男孩儿女孩儿。那个男孩儿很普通，女孩儿却漂亮得很，令我们眼前一亮。女孩儿的惊艳出场，让我们更加有了兴致。有个顽皮的哥儿们竟然打了一个很响的哨子。那女孩儿倒也不拘谨，朝我们这边笑了笑，和那个男孩儿手牵手坐到了最里面的位置。

"这么漂亮的妞儿怎么找了那个黑小子，明显地不搭调嘛！"

"就是，也不该领这漂亮女孩到这种地方啊，应该去咖啡馆。"

我那哥儿几个明显地有些心里不平衡起来。

那个男孩儿声音很轻地叫了声服务员，然后只给女孩儿点了一份烧烤。他说他不饿，也不喜欢吃这种东西。虽然这么说，我们却看出来了，男孩儿是个穷小子。这更加剧了我那几个哥们儿发牢骚的频率。

"真是没处讲理了，这不是一朵鲜花插在……"几个坏家伙对望了一下，肆无忌惮地哈哈大笑起来。

那个男孩儿似乎也感觉到了我们在谈论他，却没有半点惶惑，不卑不亢，只管美滋滋地看着对面这个美丽的女孩儿。似乎他的眼里，只有她。她是他的整个世界。

天空忽然就打起了雷，紧接着狂风大作，毫无征兆的雨，就这样没头没脑地倾泻下来。

朋友家搭的棚子用的是旧苫布，所以很多地方都漏雨。我们赶紧用各种能用的东西把桌子上的吃食给盖了起来，等雨停的时候接着豪饮。再看里面那一对恋爱中的男孩儿女孩儿，静静地，一点不显得慌乱。女孩儿躲到男孩儿的怀里，男孩儿不停地用餐巾纸蘸着他们头顶上正欲滴下的水珠儿，从始至终，女孩儿的身上没有被溅上一滴水。她的脸上始终漾着幸福的微笑，享受着男孩儿细心的关爱。

而那个男孩儿，就那样把女孩儿的整个生命捧在手心。

忽然就想到林慧萍唱的一首歌《爱难求》："昨夜梦中，你我白头，浅浅依偎但话不多，这就是我所梦寐以求最平凡的生活。清晨风中，邻居门口，出门男人向窗内挥手，看在眼中，我莫名感动，希望窗内是我。我宁愿做一个世界上最平凡却踏实生活的女人，用真实的爱证明自己的存在，在被爱中直到发白。"

那一瞬间，我们都变得哑口无言，不约而同地望着他们，忽然觉得他俩是天底下最般配的一对恋人。

云彩从来不迷路

妻的三妹在农村，妻妹夫是个地地道道的农民，每天和土地打交道。头脑简单，脾气倔强，如果他认准了一个死理，就是五头牛都拉不回来。

几个姐妹中，数三妹家的日子难过，而三妹夫偏偏是个自尊心极强的人，他总觉得别人瞧不起他，有时候我们接济三妹都要小心翼翼的，万不敢让他知道。在他心里，认定了只要有钱就能得到别人的尊重，所以拼命地干，承包了很多地。秋收的时候，有人看见他趁着月亮，竟然割了整整一个晚上水稻。

他的生命中似乎光剩下干活了，除了干活，他好像没有别的乐趣。偶尔会喝点儿酒，但那也是为了能解解乏，睡觉能香甜一些。

三妹总是埋怨他像个“闷葫芦”一样，不像别人的男人那样知冷知热，会哄女人开心。每每说到这儿，他也有些愧疚。有时候两个人生气，三妹也动过离婚的念头，可是转念又想，他也没啥别的毛病，就是心眼儿小点儿，凑合过吧。

他不光对三妹像个“闷葫芦”，对自己的孩子也一样，印象中，他似乎从来都没有陪孩子玩过一回，也没有给孩子讲过一个故事，在孩子面前，永远板着脸，有时候喝多了酒，也会撒酒疯，无来由地，对孩子说打一顿就打一顿。

三妹家的孩子叫刘小云。我们都管她叫小云彩，孩子刚刚五岁，却像个小大人似的，很懂事。她知道父亲干活累，有好吃的都让着父亲吃，也会帮妈妈做一些简单的家务。

我们都很喜欢她，尤其是我这个不管走到哪里，都会和一帮孩子打成一片的“孩子头儿”。孩子们自是也喜欢我陪他们疯闹。有一次，我和孩子们捉迷藏，竟然躲到了岳母家的鸡窝里，被家人好一顿笑话。

假期，小云彩来我家，我领着她去了公园，玩了很多她没玩过甚至没看过的东西。妻子也领着她去商场，买了很多新衣服，把她打扮得像个小公主一样。那几天，她快乐极了，好像是一只被囚禁了许久，终于得到释放的鸟儿一样，蹦着、跳着、唱着，她说城里真好，她真想生活在这里。

我和她开玩笑说，那么如果让你重新选择，你是让我当你的爸爸还是让“闷葫芦”继续当你爸爸呢？她却不假思索地选择了“闷葫芦”。

“为什么呢？”

“因为他本来就是我的爸爸啊。”

这真是一个令人啼笑皆非的理由！

“既然觉得这里好，就不要回家了。”我们继续逗着她。

“这里好，可是家也好，我的家有小鸡小鸭，有各种野花，还有妈妈。妈妈说，听话的云彩不迷路，我要做个乖孩子，我不要迷路。”

不得不佩服三妹，她在那样艰辛的岁月里，却给孩子的心，装扮成一座童话的城堡。

云彩不会因为哪里的天空好就选择到哪里去，云彩不会忘了回家的路，因为爱在她心里，指引着她。

从那以后，我更喜欢她了，这朵小云彩，虽然偶尔飘到我这里，但她的心却朝着家的方向，不管那个家如何破旧。

云彩从来不迷路。

童年的药箱

子轩有一个小小的药箱，那是他从童年带过来的。那里面藏着一个除了他自己，没有人知道的秘密。

九岁的一天，他用一把小锤子敲了几下自己的手心，有点疼。他觉得很刺激很好玩，又多打了几下，大人们并没有斥责他，却也没有人过来疼惜他，都只是摸摸他的头，报之一笑：这孩子，多调皮。他心里忽然有点不愉快了，如果母亲在，一定会奔跑过来，把他的小手握在她温暖的手里，递到她的唇边，不停地呵着气，而自己却得意地笑着，因为一点都不疼，反倒被母亲弄得有点痒痒了。

他突发奇想，如果砸的是手背呢？劲儿再使得大一点儿，会不会很疼？会不会流出很多的血？那样就可以得到大人们的关爱了吧，也就可以不去上学，在家里可劲儿地玩积木盖房子了。

他为自己的想法激动不已，他在等待着某一天来实施他的计划。

他提前给自己做好了准备，给自己预备了一个小药箱，里面有止痛药和纱布，他想万一血流多了，人就会死掉的。所以，自己要在流血的时候给自己包扎好，这可不是闹着玩的。

子轩的母亲在他六岁的时候因为一场大病撒手人寰，现在这个照顾他生活起居的女人是他的父亲给他找的继母。他的心思很重，仿佛把自己与世界隔绝了。妈妈走了，他想再也没有人来爱他了。

他从来没有叫过那个女人一声妈，而那个女人似乎也不在乎这些，每天只管埋头在厨房研究她的菜谱，她做的菜倒是蛮好吃的，而且一周保证每一天的菜式都不一样。她没有工作，就这样把自己喂得很肥，在他眼里，她不过是自己嘴馋而已，一个典型的好吃懒做的女人。

可就是这个女人唯一值得称道的厨艺，近来也是大打折扣，不再像以前那么好吃了。

有一天，他无意间听到父亲在厨房里对着她抱怨："最近的菜好像不大合口呢。"她压低了声音说："孩子正是长身体的时候，我得尽量为孩子搭配一点儿有营养的东西。"

他的心，在那一刻忽然就变得柔软起来，这个在他眼里好吃懒做的胖女人，原来一直在关心自己啊。尽管母亲不在了，但自己不是一样健健康康地活着吗？继母给自己织的毛衣、手套，每天准时准点的早餐晚餐，井然有序的生活，本身就是对每个家庭成员的一种爱护。

她总有看天气预报的习惯，如果预报了哪天有雨，哪怕那个早上是晴朗的，他的书包里也肯定会装着一把雨伞。北方是节气最明显的地方，冬天的大寒和小寒冷得都不一样。那个女人每个冬天都会给他做两条棉裤，一条薄一些，一条厚一些。每天放学，她都会把他鞋子里的鞋垫掏出来扔到炕头上，把他的鞋子拿到炉子边上烘烤；每天早上，帽子、围脖和手套，在她的监督下，没有一次忘记戴的，那些冷冽的天，他从来没有挨过冻。

人生就像滑梯一样，那些快乐的尖叫仿佛还没有完全散去，子轩就从童年滑了下来，并快步走上了另一座滑梯：少年。少年是喜欢看云的，每一片云都那么洁白，每一片云都像极了妈妈的脸。若干年后，他从这座滑梯上滑落下来，尽管有些不情愿，但还是被赶上了青年的滑梯。他的那个冒险的计划一直没有来得及实施。他的生命完好无损，每一次滑落都没有受到一点点伤害，他忽然快乐地想，自己有什么理由不快乐呢？那温柔地呵护着他的继母的手，已牢牢地将他围在温暖的篱笆里，让他安然度过了他的每一天。

他就那样健康地走过来了，他永远用不到那个给自己准备的药箱。因为妈妈一直都没有逝去，只是换了一张面孔而已。

善念只是在贪睡

曾经的自己，是个好善乐施的主儿，总是看不得别人的辛酸，就为这，被骗走的善良有一箩筐那么多了吧，因为被骗的次数多，我甚至一度成了朋友们嘲讽的对象。那么多的善意都打了水漂，时间长了，我对这个世界有些心灰意冷，一颗心渐渐落满尘灰，渐渐变得冷漠，习惯了睁一只眼闭一只眼，习惯了各扫门前雪。但骨子里的东西是很难改变的，即便被泼了那么多的冷水，心也总有一处是热的，善念还住在我的心房里，只是最近有些贪睡罢了。

这几年，我总喜欢去离家不远的一个“老中青”发廊去理发，店面很小，而且地上还养了一只小狗，使本来就小的空间更加显得逼仄。理发的是一个年近七旬的老者，身体不好，有严重的哮喘。剃头的时候，他的喉咙里发出火车头一般的声响，让你的嗓子跟着奇痒无比，仿佛也塞进了一把杂草一样。

来这里剃头的大多是一些老年人，像我这样虽已到中年却被他称为“小伙子”的，少之又少。

他的手艺很好，但由于上了年岁，干起活来慢条斯理的，就算你着急也没办法。

我曾经尝试过换一家理发店，但每次都没有换，最后还是到他这里来，不知道为什么，或许这里面也有一丝同情的成分吧。

老人毕竟是不容易的，老伴十年前就去世了，孩子们条件都不好，他就靠自己的手艺养活自己，有时候还能贴补一下孩子。

大概是因为自己干活慢，觉得理亏，又或者是为了揽些回头客吧，他的价钱总是比别的地方低。别的地方理发最低10元钱，他只要8元钱。

后来看他前后忙乎了大约一个小时，才给我理完发。我实在有些不好意思，就给了他10元钱，不让他找了，他却执意不肯，拿着2元零钱追出来，我却跑掉了。

一连好几次，我都如法炮制。我想，那2元钱的微小的善念也多少能够暖一暖老人的心吧。

没想到我再一次去那儿理发的时候，老人却把我挡在了门口，他说要么不让我进屋，要么免费给我剃一次头。他说我一共给了他四次10元的，相当于多给了8元钱，今天一定要给我免费理一次发，这样就两不相欠了。拗不过他，我只好答应。

“俺懂你的好心，可这世上，也不能总是让好人剃头挑子一头热不是。”他一边给我理发一边和我唠嗑。那天他理得更慢了，还替我认真地刮了脸，让我焕然一新，仿佛刮掉了心上的好多尘灰，整个人轻盈了许多。

不能让好人剃头挑子一头热！老人的话让我确信，不论何时，这世间的善念都在，它偶尔会贪睡，需要我们去唤醒。

天使穿了我的衣裳

那个春天，她看到所有的枝头都开满了同样的花朵：微笑。

大院里的人们热情地和她打着招呼，问她有没有好听的故事，有没有好听的歌谣，她回报给人们灿烂的笑脸，忘却了自己瘸着的腿，感觉到自己快乐的心，仿佛要飞起来了。

她感觉自己仿佛刚刚降临到这个世界，一切都那么新鲜。流动着的空气，慢慢飘散的白云，耀眼的阳光，和善的脸。

她知道，这一切，都是姐姐变戏法一样变出来的。一个阳光明媚的美丽世界。

她和姐姐是孪生姐妹，长得一模一样，唯一不同的地方就是她是个瘸子。她怨恨上帝的不公平，怨恨一切，碗、杯子、花盆，所有她能触到的东西都是她的出气筒，她的世界越来越窄小，小得容不下任何一个关爱的眼神。

由于天生的残疾，走起路来不得不很夸张地一瘸一拐。如果这张脸不美也就罢了，上帝还偏偏让她生了如花的容颜。这两根丑陋的枝条怎么也无法配得上那朵娇艳的花朵，她总是这样评价她的双腿和她的脸，所以她很少走出屋子，更不敢来到大院。每天躲在家里，怕见人的孩子，惊恐地张望着外面的世界。

她给自己留了一扇窗子，可以看到外面的世界。看到健康的人，看到那些笔直的腿，看到那些漂亮的衣服，看到那些蹦蹦跳跳的快乐的身影，它们让她的悲伤更加浓烈，无法自拔。

生日的时候，仅仅比她大几分钟的姐姐送给她一件礼物：一个会跳舞的洋娃娃。她当时就把它扔到了一边，她歇斯底里：明知道我是个瘸子，还送给我这个能跳舞的东西，你是不是刺激我啊。眼泪在姐姐的眼眶里打转儿，可姐姐却在不停地安慰她。她知道，姐姐很无辜。

她死活不肯去学校上学，父母只好节衣缩食，为她请了家教。学习的内容和学校里的课程同步。由于她的刻苦，学习成绩一直很好，每次和姐姐做相同的试卷，她都会比姐姐高出几分。每次考完，父母都会夸赞她一番，相反，把姐姐训斥一顿，嫌姐姐在学校不用功，总是贪玩。这让她心理很平衡，下决心要好好学习，一定要用广博的知识来弥补自己身体的缺陷。

那个夏天，妈妈为她买了一件很漂亮的粉色套裙。她偷偷地穿上，感觉自己像一只翩翩欲飞的蝴蝶，只是不敢走动，怕她的丑陋显露无遗。她喜欢她的粉色套裙，爱极了那种灿烂的颜色，只是，她依旧悲伤，哀叹自己是断了翅膀的蝴蝶。

所以她还是不敢走出屋子，每天对着镜子，悲伤地望着镜子中那只一动不动的蝴蝶。她用冷漠把自己制作成了标本，一只凝固了的蝴蝶。

由于身子虚弱，每天中午都必须补上一觉。可是最近，她总觉得睡不踏实，总有一种是梦非梦，恍恍惚惚的感觉。

那天中午，她在恍恍惚惚中听到有人蹑手蹑脚地进来，朦胧中看到姐姐，偷偷拿走了她的粉色套裙。她觉得好奇，想知道姐姐到底要做什么，便装着发出鼾声。

透过窗子，她看到了姐姐穿起她的粉色套裙来到了大院。她尽力压制着心中的妒火，想看看姐姐到底在玩什么把戏。她看到姐姐热情地和每个人打着招呼，让她惊讶的是，姐姐竟然学着她一瘸一拐的样子走路，简直惟妙惟肖，让她感觉到那个人就是她自己。而她自己心里清清楚楚，纵是给她加了300吨油，也是没有勇气走到大院去的。

一连很多天，姐姐都会在中午趁她午睡的时候，来偷穿她的衣服。

有好几次，她想揭穿她，但最后都强忍住了。人都是爱美的，姐姐也不例外，况且姐姐的舞跳得那么好，应该有件好衣服来配她的，只是她不理解的是，为什么姐姐不好好走路，偏偏要学她的样子一瘸一拐的呢？

每天中午，她都会透过窗子，看着姐姐一边帮奶奶们擦玻璃一边唱着动听的歌谣，一边帮婆婆们洗菜一边讲着她听来的笑话，逗得大家哈哈大笑。她不得不承认，姐姐才是真正的蝴蝶啊，姐姐让这个沉寂的大院春意盎然了起来。

这一切，她装作什么都不知道。

忽然有一天，姐姐对她说要带她到大院去走走。其实她的心一直是渴望出去的，像小鹿对于山林的渴望，像鸟儿对于蓝天的向往。整天闷在家里，空气仿佛都凝固了，让人透不过气来。她犹豫不决，姐姐却执拗得很，帮她穿上粉色的套裙，硬是架着她走出了房门。

那是个多好的春天啊！

她深深地呼吸着新鲜的空气，满眼都是绚烂的颜色。人们对她微笑，把好吃的、好玩的都争着抢着给她，她不明白为什么人们对她那么好，没有一点排斥和嘲弄，没有一点让人难堪的同情和怜悯，有的只是微笑，让人心旷神怡的微笑。

人们都说，有一个穿着粉色套裙、扎着两个小辫的活泼快乐的残疾小姑娘，给他们带来了很多欢乐，她是这里的天使。

尽管她走起路来一瘸一拐的，左右摇晃，姿态滑稽而夸张，但所有的人都认为那是天使的舞蹈。

后来她知道了，姐姐学她的样子，是为了让人们能够接受她，姐姐只想让她走出那个晦暗发霉的屋子。所有人都把姐姐当成了她。

后来她知道了，那件粉色套裙是父母给姐姐买的，准备让她穿着去省里参加舞蹈大赛。可是姐姐说，让妹妹穿吧，到时候管妹妹借就行了。

后来她还知道了，每一次她们同时做试卷的时候，姐姐总是故意做错几道题，总是让她的分数比自己高，姐姐说那样妹妹会高兴。

“人们只当那个天使是我，其实不是，天使只是穿了我的衣服。”她在日记里写道，“感谢上帝，赐一个天使来做我的姐姐。”

穷人的茉莉花

朋友去印度，回来后感触颇深，他给我讲了一个穷人的故事：

他刚到印度的时候，在孟买的大街上，看到一个上了年纪的老人在兜售一些不值钱的小玩意儿。那是孟买穷人中的一种，其实和乞丐没有什么区别。他们大多是一些孤寡老人，生活上没有任何依靠。

朋友是个心地善良的人，毫不犹豫地从兜里掏出零钱给他。老人便示意朋友在他的那些小玩意儿里随便选些东西。那些东西没有朋友瞧上眼的，所以他没有选就走了。可是没想到那个老人竟然收起那堆小玩意儿，紧紧地跟在他身后。

刚开始朋友没想那么多，只以为他收摊了要回家。可当他走出去很远，看到老人仍旧跟着他时，他便有些厌烦了，心想那老人一定是觉得他是个善心人，想从他那里再讨些钱吧。

朋友转过身对老人比画着，告诉他自己身上没多少钱，别再跟着了。可老人好像完全没有理解他的意思，嘴里嘟囔着什么，仍旧执拗地跟着他。背上那个偌大的包袱压得他汗流浃背。

朋友恰巧在街上遇见了印度的同事，听说了朋友的遭遇，他便转过身，问那个老人为什么跟着朋友。

老人气喘吁吁地说："孩子，你给了我钱，却没有要我的东西，我总得给你点什么呀。我看你是外国人，可能对我们这里不太熟悉，我只想跟着你，为你指指路，我能为你做的只有这些了……"

朋友的心灵受到了震动，他说不知为什么，那一刻他感觉那个老人很像自己的父亲，亲切而温暖。

朋友在印度待了将近半年，在这期间，他还经历了另外一些和穷人有关的事情。他说这些穷人都有一个共同点，那就是让人深深感受到他们的尊严。就连满街奔跑的小乞丐，都不会跪下来抱着你、纠缠你，或者说一些千篇一律的祝福的话，他们会拿着一束散发着清香的茉莉花来到你的面前—— 哦，那是泰戈尔曾经深情赞美过的茉莉花。他们的乞讨因这样的方式而让人心生感动。

印度还是一个正在发展中的贫穷的国度，这样一个贫穷国度的乞丐却仍坚守着他们的尊严。乞丐们不会因为你没有零钱给他而在心底咒骂你。他们从不抱怨上天给予他们的苦难，他们工作、学习，在闲暇时唱歌、喝酒，他们的心中，飘荡着茉莉花的清香。

印度人的生活，正如印度佛教复兴之父安贝卡所说："即使你穷得只剩一件衣服，你也应该把它洗得干干净净，让自己穿起来有一种尊严。"

请温柔地将那些祝福的花瓣打开

女儿在班级里很有亲和力，人缘极好。这不，在她过生日的时候，一下子飞来了一大帮叽叽喳喳的同学，一屋子的麻雀顿时炸开了锅。我这个当老爸的只好亲自下厨，为他们张罗丰盛的生日晚宴。做完饭，还得和她妈妈装作有事情要出去一趟，免得他们拘束。妻子皱着眉头：指不定他们会把家造成什么样呢？我搂过妻子的肩：没事，回家我收拾。就当是闹了一次“蝗灾”，让他们狂欢去吧！

我们在深秋的凉风里瑟缩着发抖，像两个被小麻雀占了窝、无家可归的“老家贼”一样。可怜天下父母心，我们这样，只是想给他们多一点儿玩儿的空间。

终于等来了女儿的“圣旨”：老爸老妈，可以回家啦！

放下电话，我和妻子一溜烟儿地往家跑。内心充满了感激：这帮小祖宗们，总算没有折腾到天亮！

回到家的时候，看见女儿正在整理同学们带来的那一大堆礼物。“哈，又是七仔，我都有5个了。”女儿调皮地蹙着眉头，“不过也好，我可以办个七仔之家了。”每打开一个礼物，女儿都要进行一番评价。我想帮她拆，她不让，她说她要自己慢慢地将它们打开。

我知道，女儿是在享受慢慢打开每一件礼物时的快乐。

每个礼物在女儿眼里都是珍贵的。“这个包装这么差，肯定不会是啥好东西。”我故意嘟囔着，随手把一个包装很差的礼物扔到了一边。

“别这么说。”女儿把那个礼物捡了起来，小心翼翼地去打开它。哇！她惊叫着，多好看的娃娃笔啊。我清清楚楚地知道，那种碳素笔一元钱一支，在小卖店里到处都是，根本不至于惹出女儿的惊呼，可是她却惊呼了，而且尾音还很长，足够绕梁三日。

那支笔的胳膊上夹着一张纸条，上面写着：愿你用这支笔，描绘美丽的人生。哦，多美好的祝福。女儿把那张纸条连同那支笔小心翼翼地放到自己的收藏“百宝箱”里，又为自己积攒了一笔财富。

那些礼物，女儿都是怀着真诚的心悄悄打开的，又是怀着感激的心悄悄收藏的，她懂得，每个礼物上面都有别人许下的祝愿，即便是一片羽毛，也因此变得珍贵了。

那是别人送给她的一颗心。

看着女儿满足的笑容，我知道了，每颗心，都是上帝送给人世的礼物。即使你不喜欢，你也要温柔地将那些祝福的花瓣打开。

女儿捧着她的“百宝箱”，迟迟不肯睡觉。我和妻子开玩笑说，你看，女儿小小的年纪，便已是一个富翁了。

她积攒了那么多的宝藏！

亲爱的向日葵

“五一”假期里，二妮儿的老师给他们留了特别的“作业”——做一件有意义的好事。

什么算是有意义的好事呢？她现在可没心思想这些，因为她马上就要辍学了。

几天前，本来就贫寒的家里遭了灭顶之灾：父亲在工地上摔成了残疾。顶梁柱倒了，全家人都靠着母亲一个人捡破烂儿维持着生计。她想，她不能再给家里增添负担了，她要去找活儿干，替母亲分担一点苦累。

她想，过完这几天假期，就算彻底辍学了，而现在呢？最起码还不算吧。她这样安慰着自己，希望时光不要再往前赶，就此停住，那样她就可以永远做一个学生，保存一张向日葵般的笑脸。

既然我还是学生，那就该完成老师留的作业啊。她决定去做一件有意义的好事。

最后，她把目标锁定在一个孤寡老人身上。

那是个奇怪的老人，她不知道他有没有儿女，他的院子每天都是死气沉沉的，不见他出来遛弯儿，也不见他和人来往，把自己与这个世界完全隔绝了。她想去帮他打扫打扫卫生，说说话啥的，这也该算是有意义的吧，毕竟在帮一个老人寻找一点快乐。

她说明了来意，老人很是欢喜，老人说，你不用帮我干活，你只要在我的院子里玩耍就好，我就能感觉到快乐了。

对于老人来说，二妮儿就像一只欢快的麻雀，顿时让他的院子热闹起来。二妮儿也感到老人很是亲切，像极了过世的爷爷。渐渐地，他们成了无话不谈的“忘年交”。

她为老人带去了欢乐，每天陪他说话，捉迷藏。二妮儿还把自己辛苦攒下的10多元钱都用到了他的身上。她不清楚自己为什么会对这个陌生的老人感到亲切，冥冥之中，他们好像有种牵扯不断的关联。她只想给他带去一丝快乐。但老人似乎并不缺钱，他总要给二妮儿一些零花钱，但二妮儿一次也没有要。

每天，看着二妮儿在他的院子里晃动的身影，就是老人最快乐的时光。

她心底的心事只能和老人说，她给他讲学校里各种各样有趣的事情，给他讲自己就要辍学了，说这些的时候，二妮儿的心底泛起一阵酸楚，眼底明显地泛着泪光。

老人安慰她说，别难过，一切都会过去的，你一定要坚强乐观地把眼前的困苦挺过去。

老人给了她一把向日葵的种子，对她说，去吧，把这些种子种到那个墙角去，等秋天的时候，我们就有瓜子嗑了。

她在院子里忙活起来，从种下向日葵那一刻起，她的心便被某种神秘的东西拴住了，她甚至开始盼望，向日葵早日绽开笑脸。

什么时候能看到它们的笑脸呢？她问老人。

现在就开了，老人开玩笑说，你就是我的向日葵。

她灿烂地笑着，忘了明天是上学的日子，也是她永远离开学校的日子。

时光不会停止，哪怕你拿生命去贿赂，它也不会停下一秒。但奇迹会发生，它让无常的人世变得多么奇妙而美好!

就在二妮儿辍学的三个月之后，她收到了一封来自韩国的信：

亲爱的向日葵!

你好。当你读到这封信的时候，我已经在韩国了。儿女们来接我很多次，我都没有来，但这次我来了，因为是你使我改变了想法。你的快乐感染了我，使我本来要荒芜掉的生命重新焕发了活力，我想，哪怕只剩一天，我也要快乐地活着。现在，我和儿女们在一起，我不知道这辈子还能不能回去了。你替我照看下我的房子吧，向日葵成熟了，你别忘了去摘啊！另外，我以你的名义存了一笔资金，用来资助你上学，直到你大学毕业。

最后，祝你永远快乐!

一个因为你而感到幸福的老人

二妮儿的手微微地颤抖着，她向老人的院子奔跑过去，院门没有上锁，她知道，那是老人给她留的门。

向日葵长高了，渐渐高过院墙，那一张张笑脸无比灿烂。她站在那些向日葵下，抬头仰望着那些光灿灿的笑脸，忘了自己，也有一张向日葵的笑脸，镀着阳光的金色。

她想给老人写封回信，可那些感谢的话，对于她和他来说，会显得多么蹩脚啊。忽然间她想到了，等向日葵成熟了，她要把葵花籽给老人寄去，除此，什么都不用说。她知道，老人会懂得，这几粒葵花籽所代表的全部语言。

二妮儿握紧拳头，为自己的想法激动不已!

加油啊！她和那几棵向日葵，在灿烂的阳光下，相互鼓励着。

迫不及待开放的木棉花

下了大雪的周末，我开始想念自己的朋友，如果来一个陪我聊聊天该有多好。想到自己空旷的人生，接触到的人越来越多，能在一起说心里话的人却越来越少。人和人的心之间像阻隔了堵墙，连风都吹不过。

下了大雪的周末，我开始想念自己的朋友，如果来两个陪我喝点儿酒该有多好。酒局很多，几乎塞满了整个生活。喝的也都是好酒，可就是品不出滋味来。如果让我选择，我宁愿喝着老白干、二锅头，和朋友推心置腹，彻夜长谈。

下了大雪的周末，我开始想念自己的朋友，如果来三个凑一局打打牌该有多好。经历了人生各种各样的游戏，它们需要太多的心计，需要提防太多的陷阱。最单纯、胸无城府的游戏还是和朋友在一起下棋、打扑克。

仿佛心有灵犀一般，朋友们的电话陆续打过来，一个说闲着没事，要过来坐会儿；一个说要喝两盅，问我需要什么，他顺道在熟食店带点儿过来；一个说手痒，要打几手牌。不一会儿，哥儿几个就聚齐了，打起了扑克，谁输了谁顶枕头，这是我们坚持了20多年的游戏规则，一直没有改变。我没有想到这幸福来得如此迅疾，让我一时之间有些手足无措。这几个哥儿们混得都比我好，是一帮已经出人头地的达官显贵，假日里没有去做按摩，没有去打高尔夫，却来到我这个简陋的家，吃我做的猪肉炖粉条，凉拌拉皮儿，喝我买来的廉价啤酒，我幸福得快要流出了泪水。

打扫着杯盘狼藉的桌子和满地的烟头，我的幸福仍在沸腾着。

我想我的幸福也和窗外的雪花是一样的吧，轻盈地飘来，带给我短暂而琐碎的快乐，然后便慢慢融化，融进心的土壤里，让那里长出一些叫作热爱或者感动的植物来。瞧啊，那些雪花，哪怕仅仅是一阵微风也可以将它们送到快乐的巅峰，它们旋着舞蹈的身子，恣意飘扬，一片片花瓣就那样在大地上慢慢地织啊、织啊，织着一张巨大的幸福的白色地毯。

白色地毯的那边，是并不遥远的春天。我仿佛已经嗅到她的呼吸。

龙应台在她的文章里总结出了人世的幸福。那幸福就是：头发白了，背已驼了，用放大镜艰辛读报的人，还能自己走到街角买两份烧饼油条叫你起床。幸福就是：平常没空见面的人，一接到你的午夜仓皇的电话，什么都不问，人已经出现在你的门口，带来一个手电筒。幸福就是：在一个寻寻常常的下午，和你同在一个城市的人打来电话平淡地问道，“我们正要去买菜，要不要帮你带鸡蛋牛奶？你的冰箱空了吗？”幸福就是：你仍旧能看见，在长途巴士站的长凳上，一个婴儿抱着母亲丰满的乳房用力吸吮，眼睛闭着，睫毛长长地翘起。幸福就是：十五岁的少年正在长高，脸庞的棱角分明，眼睛清亮地追问你世界从哪里开始。幸福就是：早上挥手说“再见”的人，晚上又平平常常地回来了，书包堆在同一个角落，臭球鞋塞在同一张椅子下。幸福就是：两个老人坐在水池边依偎着看金鱼，手牵着手。春天的木棉开出第一朵迫不及待的红花，清晨四点小鸟忍不住开始喧闹，一只鹅在薄冰上滑倒，拙态可掬，冬天的阳光照在你微微仰起的脸上……

我认真地数了数，那些幸福，离我多近啊，每一个都在我触手可及的地方。

我告诉自己，从今天开始，要培养一个属于自己的习惯。比如每天听半个小时的音乐，看半个小时的书；每天给父母打一个电话，询问一下他们的生活；每天给要好的朋友发个短信，哪怕只是告诉他这里的天气；每天赶在爱人和孩子之前起床，然后喜滋滋地看着她们伸着懒腰打着哈欠，懒洋洋起床的样子……

我告诉自己，我要在每天都挎上自己的篮子，去生活的超市里采购我的幸福。我的篮子不一定是满的，但每天都不会空着。它装着我零零碎碎的对生活的感受，装着我对自己平凡生命的热爱，装着一些散落的记忆的碎片，装着一些我熟悉的名字，有苹果味的，有菠萝味的……天哪！我不敢闭上眼睛，因为满脑子里都是春天的木棉，在争先恐后地开着迫不及待的红花。

马儿尥蹶子，就给它一片草原

在第三中学，有一个“撒旦”，那就是教导主任。他的严厉是出了名的，所以学生们背地里都这么叫他。他不苟言笑，成天紧绷着脸，学生们都怕他。“纪律面前，人人平等”是他的信条，不管谁犯了纪律，都会在他那里得到惩罚。他惩罚学生的方式五花八门，要么罚站，顶着一本书站在操场正中间；要么罚跑步，背着四五个沉甸甸的大书包；要么用教鞭打手心儿，再纤细的小手都能给你打胖了……

令人不解的是，这么严厉的教导主任，却令学校的风纪每况愈下。

就像暴君的统治下必有揭竿而起的义士一样，总有那么几个顽劣的喜欢叛逆的小子，不但不怕他，还喜欢和他唱对台戏，“与撒旦斗，其乐无穷”是他们挂在嘴边的口头禅。

背地里嚼着口香糖，叼着小烟卷，一副吊儿郎当的样子，这就是这个校园里的一小帮“古惑仔”。他们常常在一起交流“斗撒旦”的心得，这个说：“那天我就当着他的面来了句国骂，真过瘾，我看他当时脸都青了，可是又不能发作，他也不能捡骂啊。”

那个说：“那天我在他后背上贴了一首打油诗，全校的人都笑岔气了。他还查不出来是谁贴的，因为我不是手写的，是打印出来的。”

这帮坏小子，处心积虑地上演着一个个恶作剧，搅得学校鸡犬不宁，教导主任想尽了办法，都无济于事，只好把这些事都反映给了校长，希望校长可以找个理由将他们开除。

“那是几匹害群之马，不能因为他们影响了整个学校。”主任说。

校长并没有点头默许，也没有摇头反对。

“再给他们一次机会吧，害群之马谈不上，充其量是淘气的小马驹，免不了要撒欢儿尥蹶子的。”

校长的作风和教导主任完全两样。在校长看来，主任严厉得有些病态，而在主任看来，校长宽厚得有些不着边际。主任常常说校长这样是在宠溺学生，对学生的成长是不利的，而校长也常常批评教导主任的做法极端，不科学。两个人总会因为学生的事情争执不休。

不过有些事校长尽量不去插手，他既然放权了让主任来主抓纪律，就不好太过于干涉。不过这一次，他还是决定要亲自出马。

校长决定先从屡禁不止的学生跳围墙这件事抓起。

因为离校门太远，有些同学放学了就想走个捷径，偷偷翻越围墙。学校有明文规定，翻越围墙者，一次罚款200元。尽管如此，依旧有很多同学抱着侥幸的心理，偷偷翻越围墙。有不幸者，就被逮到。有的就和父母撒谎，说学校又要交费，把钱骗来交了罚款，有的不敢和父母说，就向同学借。然后从每日的饭钱里往外抠，一点儿一点儿还债。碍于教导主任的严厉，很多学生都不敢再跳墙了，只有那几个小“古惑仔”还是屡教不改。

校长觉得这并不是个小事，必须认真对待。一连好几日，他都蹲守在围墙边上，果然，被他抓到了好几个跳墙的学生。他逐一进行了登记，那几个跳墙的学生心怀忐忑，心想，又要准备交罚款了。

可是令他们没想到的是，他们不但没交罚款，还被校长亲自请到了办公室，校长对着他们竟然深深鞠了一躬，说他们让他明白，学校还有很多没做到位的地方。这几个坏小子，见惯了校方的蛮横，冷不丁地见到这个软弱的姿态，竟然有些不知所措起来。一个个小声嗫嚅着：我们知道错了，我们愿意交罚款。校长笑了笑，没说什么，让他们各自回去。

第二天，他们看到，那个经常被偷偷翻越的地方，竟然安装了一扇小门。

那是一扇小木门，还没来得及刷上油漆，可是他们却看到它仿佛镀着阳光的金色，异常耀眼夺目。他们面面相觑，不约而同地掐灭了手中的烟。

推开门，阳光呼啦啦地闯了进来，泼给他们，满身满身的金黄。

说来奇怪，从那以后，不见了那些调皮捣蛋的坏小子，学校的风纪也随着这个小集团的“覆灭”而有了很大改观。教导主任有些丈二和尚摸不着头脑，他想不明白，自己绞尽脑汁累脱了发也没抓好的校园风纪问题，竟然因为一个小木门而轻而易举地解决了。校长笑着说：“栅栏里的小马驹如果尥蹶子，你就打开栅栏，给它一片大草原好了。等它绕着大草原尽情驰骋回来以后，它就会长大了。”

有些祝福，不可以省略

一天早上，我接到珊打来的电话。珊是一个爱发牢骚的朋友，她说今天是她的生日，她永远不会忘记，新婚的哥哥和嫂嫂就在当天外出旅行，而没有对她说一句祝贺生日的话。

她的情绪很激动。我不知道该如何安慰她，只好劝她不要一味地去埋怨别人，谁都有疏忽的时候，哥哥嫂嫂可能是被幸福陶醉着，忘了你的生日，但那并不证明他们不爱你，你也不能就因为这个原因就记恨他们啊。

他们太过分了！她在电话那边歇斯底里。

不论我如何地苦口婆心，她始终无法释怀。她说从小到大，每个生日都会收到哥哥的一份礼物，可是现在，哥哥结婚了，有了嫂子，就把妹妹忘了。

和她相比，我自认为幸福得多，因为我曾经收过哥哥姐姐们特别的祝福。

那年我10岁，正值“抢秋”的农忙时节，家家户户都在忙着秋收。学校特意放了几天假，让我们帮家里干点农活。那几天，我和哥哥姐姐们每天都累得腰酸腿疼。每天晚上草草地吃完饭，就迫不及待地钻进被窝，可是感觉刚刚睡着，就又被父亲叫醒了。那时天还没亮，父亲说，割豆子要趁早，等阳光出来后再割，豆子就该炸了。父亲是心疼他的豆子啊！我们只好迷迷瞪瞪地起床，一瘸一拐地跟着下地。

回来的时候自然又是乏累无比，我没有吃饭就倒在炕上睡着了。迷迷糊糊中感觉有人轻声地叫我，我以为又要下地了，耍赖似的翻了个身就又睡着了。第二天早上，我隐约听到父亲对母亲说，让三儿在家歇一天吧，这两天把他累坏了。我在心里窃喜，最小的孩子还是有好处的，终于可以好好补一觉了。那一觉睡得真香啊，直睡到日上三竿。醒来的时候，我看到枕头旁边整齐地放着几个煮熟的鸡蛋，鸡蛋上好像还用铅笔写了字。我好奇地拿在手里，看到上面都是些开心快乐和考双百之类祝福的话。我明白了，原来昨天是我的生日，母亲为我煮了鸡蛋，但看到我睡得那么香，不忍心叫醒我，哥哥姐姐们就把他们的祝福写到了鸡蛋上。

握着那些温暖的鸡蛋，我的心也暖暖的。我一直不忍心敲碎它们。我一生都不会忘记，那些写在鸡蛋上的祝福。

还有后来我领着对象青回家的时候，木讷的家人没有什么言语，只是欢天喜地地忙活着杀鸡，为我们做饭，在饭桌上喜滋滋地瞅着青。我不能忘记的是我们离开的时候，哥哥气喘吁吁地从后面撵上来，拍着我的肩膀："忘了跟你说了，"然后望了望青说，"好好对人家，好好过日子啊！"

那是我听到过的最朴素的祝福。

第一次听郑智化唱那首《生日快乐》的时候，眼里便不由自主地蓄满了泪水：

你的生日让我想起
一个很久以前的朋友
那是一个寒冷的冬天

他流浪在街头

我以为他要乞求什么

他却总是摇摇头

他说今天是他的生日

却没人祝他生日快乐……

还有什么比在自己的生日里接收不到任何祝福更令人伤感的呢？想到这里，我便有些同情珊了。我打了电话过去，她却在那边微泣着。她说她是高兴的，眼看就要过零点了，没想到哥哥和嫂嫂从外地打来了电话，他们说了很多道歉的话，说要趁还没过零点，为她把祝福补上。

我感受到了珊那颗即将冷却的心，在最后一刻，因为亲人的一句“生日快乐”而沸腾了。

一位诗人说，在你上路的时候没有任何祝愿，这就是流亡。是啊，愿尘世的每一颗心都能得到祝福，愿每一颗得到祝福的心都能流出幸福的泪，愿每一滴幸福的泪都能变成珍珠。

清 明

凭吊先人的路，在左边。我却去了右边。爱情遗失的路上，我看看还能不能捡回我曾经给过她的誓言。

——清明

四月清明好时节

梨花雨，杏花雾，最是人间四月天。

如果一月是岁月的眉心痣，那么四月就是岁月的腮红。

四月是含着香气的。四月走动，暗香便随着移动，一步一步，紧紧跟随。

在南方的四月，我更多地看到在阳光下种植庄稼的兄弟，还有村女们，像彩蝶一样扑闪在茶园，采摘春天的心尖儿。

而北方的四月，却是春寒料峭，雪还没有完全融化，在山的背阴处，在谷底，那些残雪就像不肯投降的穷寇，负隅顽抗。

再怎样地挣扎也于事无补，春天不费吹灰之力，就会让它们束手就擒。

迈过三月有些潮湿的门槛，进入四月的柴房，人们泡了种子，做好耕种的准备，仰望秋天的粮食，此刻，人间才真正有了烟火的味道。

小巷里传来孩童叫卖杏花的声音，清脆入耳，推开窗户，细风和着泥土的芬芳掠过面颊，石板小路湿漉漉的。“小楼一夜听春雨，深巷明朝卖杏花”是清明时节特有的情怀。乡间的油菜花，伴着轻柔的春风，翩翩而舞；幽谷的红杜鹃，含着清晨微露，噙泪羡春；荷塘的杨柳，镜对清澈春水，俏意蹙眉。万物生长，清洁而明净。

四月有清明，缅怀先人。清明是隔世的亲人的沟通。在高耸的松柏间，我们向先人许愿，为后代祈福。

四月，想起一个叫介子推的人，四海之内，同一天，断了烟火，吃着冷食，却是在暖着几千年前的这个灵魂。

四月，想起一个叫林徽因的人，想起那句：你是一树一树的花开，是燕在梁间呢喃，你是爱，是暖，是希望，你是人间的四月天。

四月，听杜鹃啼血，看迎春花开。

四月清，四月明，四月清明好时节。

与一只鸟共叙桑麻

一个晴天。在广场上，看到成群的鸽子绕着广场盘旋飞翔，一颗心也跟着轻盈了起来，拿了一些面包屑，像稻草人一样伸开双臂，等着它们落下来。

鸽子们习惯了这样的喂食习惯，只要有人张开双手，肯定就会有鸽子飞落，去啄食那手中的美味。

果然，鸽子们陆续地飞落下来，有一只竟然落到了我的肩头！我把手掌摊开，移到肩膀处，那乖巧的鸽子毫不犹豫地啄食起来，它啄食的姿势真是可爱，每啄一下仿佛都是在向我点头致谢一般。它光滑的羽毛蹭着我的脸，我闻到了羽毛间阳光的味道。

我就那样忍受着阳光的暴晒，依然不愿走开。我只想让鸽子在我的肩头，多待上几秒钟。

一个雨天。我没有带伞，匆匆躲进一处屋檐下。因为雨下得实在太大，屋檐下不断飞来一只只麻雀。避雨的麻雀，显得不再那么害怕人，只顾在我的头顶，不停地用嘴巴梳弄着湿漉漉的羽毛。偶尔停下来，看我一眼，然后相互间叽叽喳喳，不知说些什么，大概是看我被淋得比它们还狼狈，引起了它们的集体嘲笑吧。我感谢这场大雨，让我和一只只麻雀如此接近，让我看见了它们湿淋淋的羽毛，看见了它们的战栗，也看见了它们眼中的寒冷。

它们是这个雨天送给我的礼物。

我不会伸出手去，我不动，保持一个雕像的姿势，则是我送给它们的最好的礼物。

我在向它们敬礼。

那一刻，我似乎听懂了鸟声。想一想，那些听得懂鸟声的人，其实是隐于民间的鸟。他们以箫、笛子或者三弦作为彼此相认的标志。鸟听到他们的吹奏或弹唱，就会纷纷前来，落于他们的肩上，与他们共叙桑麻。

这是人间除却男女之情外，最大的诗意和浪漫了吧。

我忘了自己有多久不曾体验过这种感觉了，与一只鸟，或者一株植物进行一次心灵对话。

一颗心游离于身外太久，浸染了太多世俗的习气，骨子里的那份清雅渐渐散去，心境浑浊，灵魂里缁车千乘，却不肯卸掉一辆。

人总是喜欢不停地追逐，不停地往心上放东西，让心变成一个仓库。

往往是路多了才使我们迷路，往往是门多了才使我们无家可归。这世上有许许多多的道路，也有许许多多的人，有些人跟在别人的脚印后面，坦途或者歧路，各安天命。有些人走在自己的道路上，却被自己的脚步，带入迷途。一切，皆因名利。

有人开玩笑说，二十世纪要是看见个美女，还浮想联翩，能写出几句诗来，现在要是看见一个美女，马上就想到账号里还剩多少钱。这是个诗意正在逐渐消亡的年代，“快餐文化”席卷一切，如同不可抗力的飓风。

人年轻的时候，渴望纵横四海；人年老的时候，渴望落叶归根。一批人这样走出去，一批人这样走回来，周而复始，如磨盘一般。

想起小时候在冰面上抽打陀螺，可以从早晨一直抽到傍晚，乐此不疲。那陀螺大概是天底下最喜欢受虐的物件，被鞭子抽打得越勤，它越是心花怒放，灵魂似乎都出了窍。我怀疑，现在的我就是童年时代被抽打的陀螺，一直到现在，我都没停下来。

每个人身上都有鸟的痕迹，每个人最初的灵魂都有一对翅膀，后来，欲望越积越多，沉重得令它再也无法飞翔。人啊，不要总是伸手索取，有时候，给比取要快乐得多。取会令你的灵魂沉重，给会令你的灵魂轻松。

有人说世界上没有所谓的天堂，其实生活就是天堂，只是很多人在天堂里睡着了。一只小鸟唤醒我，让我做一个醒来的天使。

如果你也正好醒着，那么我来问你，如果广场上的人是你，你肯让鸽子落在肩头而不担心它把鸟屎拉到你身上吗？如果屋檐下避雨的人是你，你肯像雕塑一样一动不动，怕惊动一只麻雀重新飞进冷雨中吗？如果你肯，你有一颗干净而轻快的灵魂。总有一天，你会跟着鸽子或者麻雀一起飞翔。

总有一天，会有一只鸟，来与你共叙桑麻。

最近的花朵最香

这是一个青梅竹马的爱情。

他和她，在同一个村子里长大。在鲜花盛开的山路上，他们一起上学放学。他高大帅气，她温文尔雅，走在一起，彼此相得益彰，不时引来路人的侧目。懵懵懂懂的他们尚不懂得爱，却不能阻挡爱在心底抽枝发芽。不自觉地，碰触到对方身体时，一个会羞红了脸，一个会心跳加速，彼此观望的眼神也渐渐开始有些闪烁、迷离。

山路上开着各种各样的花，她常常会问他，哪种花最香，他答不上来，胡乱指着那一簇簇的丁香。的确，丁香是最香的，山路上，到处都弥散着丁香花的味道。她微笑，不置可否。

因为家庭的窘迫，高中没毕业，她就被迫辍学。令她没想到的是，他随后也跟着辍了学。按理说，他的家庭条件还是可以的，况且他还是个男孩子，他的母亲也盼着他上大学找份好工作，光宗耀祖。她想不明白，问他，怎么就放弃了大好前程？他小学着她，微笑，不置可否。

没你陪着，这路上的花都不香了。这是不善言辞的他和她开的唯一的玩笑。她当真了，认准了自己在他心底的位置，满脸满心都漾着幸福的红晕。

去地里干农活的时候，他们还是会一起去，他们两家是地邻，干活的时候也会彼此照应。游荡在他们年轻心湖里的情感的鱼并没有因为辍学而搁浅，反而走进了更广阔的海洋。

那个午后，她穿了一件白色连衣裙，脚上是粉红色的凉鞋，整个人像一朵饱满的荷花，娇艳欲滴。他被她迷住了，猝不及防地在她的脸颊上吻了一下。 然后像做了坏事的孩子，撒着欢儿地逃开了。

她呆愣在那里，仿佛有无数个太阳烘烤着她，一顶硕大的草帽遮不住她的娇羞。

可那算是爱的表白吗？上帝微笑着，不置可否。

他们彼此没有承诺，但似乎彼此都已心照不宣，都在守着这一份没有被污染的爱。

但他毕竟是耐不住寂寞的人，他的心终是向着外面的世界的。他跟着一帮人去了城里打工。临行的时候，她指着路边的丁香，看似漫不经心地说，你说过的，这儿的丁香花最香。他懂得她的心思，微笑着，不置可否。

他手巧，学了美发的手艺，没几年的工夫就有了自己的店面。因为他的手艺好，再加上青春阳刚，他的店铺便成了一些有钱的妇人们常常光顾的地方。就常常有多情的妇人对他暗送秋波，不停地往他的口袋里大把大把地塞小费。

自然不能白拿别人的好处，一番挣扎之后，他毫不怜惜地卖掉了自己。一次、两次、三次……外面的花花绿绿渐渐涂染了他的心境，他不想再回到他的乡村，他想扎根在那个灯红酒绿的地方。

他常常会想到她，但那张清纯的脸，早已敌不过城里女人的妖娆。他在这纸醉金迷里缴械投降了。

而此刻，她却在村子里守着她可怜的爱情。是的，现在她确定那是爱情了，因为他的一个吻，一吻定情。

男孩的父亲也去城里打工了，家里只有他母亲一个人支撑着，早出晚归，在地里干农活。她常常去帮她，一老一少两个女人在地里挥汗如雨，美丽着那个朴素的乡村。

偶尔他回来，他们也还会在那山路上默默地散步，只是，她和他，近在咫尺，感觉却有些遥不可及。他为她做了新发型，无论怎样做，都依然是朴素的面容。他摇着头，他看不到她的妖娆。

他说，别等了，我只是路过，我终还是要走的。

她无语。夕阳被撕碎了，乱红漫天。

从此，各自掉转船头，一别经年。

当年龄像年轮一样转了一圈又一圈之后，剩下的，怕是只有淡漠和忏悔了。年轻的双手，虽然成就了宏图伟业，却无法停止新陈代谢，依旧要随时间老去，那些丰功伟绩也带不到干涩的黄土里；平淡的眼睛，看遍了一生的平凡生活，尽管仍然凝视着幸福和绚烂，依然为它们激情万丈，可是却已经有了皱纹，岁月无情地将锐利磨钝，然后，带来黑暗；无知的身体，不停歇的贪婪和放纵，终是要为没有边际的挥霍埋单。当身体上伤痕累累的时候，你终于能够忏悔你的罪恶了，只是你也将是油尽的枯灯，熄灭了，就无法再燃烧。

欣慰的是，有回忆这样的东西存在，它时刻提醒人们，哪些东西是我们该珍惜的，哪些东西是我们该遗忘的，哪些东西是我们感到幸福的，哪些东西又是我们觉得痛苦的。

回忆总让人上瘾。就像他和她，总是被路边那一簇簇的丁香缠绕。

再见到他的时候，已是10多年之后。她已为人妇，他却仍旧孑然一身。因为和一个贵妇人的暧昧，他被那女人的丈夫指使手下教训了一顿。结果他瘸了一条腿，现在的他，看上去老了很多，也颓废了很多，再见不到一点年轻时候的影子。他看着她，不自觉地就感觉有湿乎乎的东西从眼角溢出，其实，一直以来，离他的心最近的，只有她。这些年来，他一直是在忏悔中度过的，他不该越过身边的花朵，去追逐那些遥不可及的芬芳。

他说，你没变，还是那么清纯。她微笑着，不置可否。他便想起她曾经问过他的话：哪种花最香?

现在他想告诉她，最近的花朵最香。

而她，就是离他的心最近的那朵花。

一颗苹果的心跳

诗人王建新曾说过：一个结巴则有可能是更诚实的，当我注意到他们在试图表达自己时，一个多余的词在那里所引起的痛苦。

张平就是那样一个结巴，不论说什么都不那么顺畅。可是也有意外，比如苹果，他在说这个词的时候，从来没有结巴过，总能很干脆地说出来。这似乎就注定了这一生，他与苹果的渊源。

“苹果，苹果，苹果……”他感谢苹果，庆幸有这样一个词语不让他难堪，还给了他一份男子汉的自尊。

同学们都不喊他大名，都叫他“小磕巴”，每次别人这么喊他，他的头都会垂得很低，仿佛闻得到脚下土地的味道。但是有一个例外，班级里有一个从来不叫他“小磕巴”的人，也是他唯一的一个朋友——许冬果。

母亲总是在他的书包里放一个苹果。而他，每次都会把苹果送给这个叫冬果的女生。她是一个家境很不好的同学，父亲在工地出了事故，导致下身瘫痪，常年卧床。全家只能靠母亲一人给别人家做保姆挣钱艰难度日。每天放学后，冬果会去一个小饭馆打零工，她只想替母亲减轻一点负担，小小的肩膀扛起了无比沉重的生活。

他拿出苹果，在袖口蹭了蹭，递给女孩子，说："苹果，吃。"如果他要说"吃苹果"，就会结巴，会说成"吃……吃……苹果"，而这样主谓倒置地说，他就可以掩饰自己结巴的窘相。

冬果推脱着不要，他却硬生生地塞进她的口袋，很多次都是这样，那一刻他显得很是霸气。

冬果就一次次地把苹果带回家，给病床上的父亲吃。

冬果不知道该怎样表达对他的谢意，就常常主动辅导他学习。冬果学习好，而他虽然不是最差，但也总是在中下游徘徊。

高中那三年里，他总是用苹果表达着对她的喜欢，而她，就用帮助他学习表达着对他的感谢。

转眼就高考了。冬果收到了大学录取通知书，而他名落孙山。他倒是没有太多失落，因为他知道自己几斤几两，考不上大学也是意料之中。而冬果呢，虽然考上了大学，却一脸的哀愁。"爸爸的病又严重了，我实在不忍心看妈妈那么辛苦，我不想上这个大学了，我想早点去找份工作，替妈妈分担一些。所以，请你替我瞒着这个消息，别和我妈说我考上了，不然妈妈不会让我不念的。"

他的心里泛过一丝酸楚，他为她感到可惜，那是多少人梦寐以求的大学啊，怎么可以就这样放弃了。他在心里对自己，也对冬果说：不！

那一刻他觉得自己是个真正的男人了，他说出了自己的计划，让冬果去上大学，至于学费和冬果家里的生活，他来想办法。

他费尽了口舌和父母亲戚们说情借钱，还和家里人保证，自己两年之内肯定会如数还清这笔钱。

这么大一笔钱，冬果不肯接受，为了让她安心，他说这只是暂时借给她的，等她工作了之后再还给他。

“记着，还有利息的啊。”他和她开着玩笑。

“嗯，一分不会少。”冬果应着。

冬果走后，张平一天都没闲着，他说服家人，承包了后山的一片果园，短短的两年工夫，就收到了成效。他在给她的信里说：“我天生不是读书的料，种苹果还行。苹果又熟了，你能回来吃吗？我给你留着最大最红的那个呢！”

冬果说要利用假期出去打工，时间对于她来说真是太宝贵了。

有一次读信的时候，他惊喜地发现，他和她的名字加一块儿，竟然就是“苹果”两个字。这么多年他从来都没有注意过，难道这是上天刻意的安排吗？是冥冥之中的某种暗示吗？

他喜欢她，却一直不敢表白，现在，就为了这份巧合，他决定试试运气。

他鼓足勇气，决定要向她表白。那封信写得真是艰苦，整整一夜，写了撕，撕了写，天亮了，信上却只有一行字：“能否‘热爱’苹果，像‘热爱’我一样？”他刻意在热爱两个字上加了引号，是想告诉她，这不过是在开一个试探性的小小的玩笑，免得让她看了之后尴尬。但是最后，他到底还是没有勇气把这封信寄出去。

大学毕业后，冬果在当地一家外企做了白领，很多有钱人追求她，她总是一笑置之，婉言相拒。

没有人知道她在等什么。她自己知道，她在等一颗苹果。

三年没见，她更是亭亭玉立楚楚动人了。他的头垂得更低，仿佛闻得到脚下泥土的味道。

本来就有口吃的毛病，现在因为紧张，就更是窘态十足了。

他不敢开口，就那样看着她，憨憨地笑。忽然，从怀里掏出来一个又红又大的苹果给她，干脆利落地说“苹果，吃”。

她笑了，接过苹果，并没有吃，而是放到胸口，她说她想感受一下这颗苹果的心跳。

他没有鲜花，没有豪车，他能给她的，也仅仅是这一个光洁鲜艳的苹果了。

而她就是选择了他的苹果。

开着豪车的富家子弟一脸不屑，却也有些摸不着头脑，“难道，就因为这一个苹果？如果你喜欢，我可以给你买一车。”

“不，”她说，“这颗苹果是特殊的，因为它有心跳！”

一滴雨的吻

小女孩郁郁寡欢，每天伤心地望着天空发呆。自从妈妈离开她之后，她的世界里便没有了春天。

妈妈离世的时候大雪纷飞，妈妈给她留了一封信，最后一句话是：春天来的时候，妈妈就回来了，那落到你脸上的雨滴，就是妈妈在吻你！

她一天一天地盼着，盼着春天快点儿到来。

小伙伴们的话直来直去，像直线落下的冰雹，砸疼了她的心：你妈妈死了，再也不可能回来了。

她哭得很伤心，她不相信妈妈会骗她，她固执地等待着春天的到来。

春天踱着猫步来了，可是始终不见一滴雨落下。

她总会缠着爸爸问妈妈是否回来了，劳累了一天的爸爸，心情不好时就会将她训斥一通，她便不再发问，坐在楼下的花坛边上，望着天空发呆。

天空那么多的云朵，哪一朵里藏着妈妈的吻呢？

一双温柔的手摸着她的头，又轻轻拍了拍她的肩膀，好温柔啊，像妈妈一样。她抬起蒙眬的泪眼，看到一个漂亮的阿姨站在她身后。

小女孩认得，这是楼上的吴阿姨，她和妈妈很好，经常来家里串门。

“阿姨，妈妈说春天来了她就会变成雨滴来吻我，可是他们说我妈妈再也回不来了，是真的吗？”她用一双无辜的眼睛望着吴阿姨。

“不是的，你妈妈既然答应你了，就肯定会回来看你的。”

“可是春天已经来了，你看，花坛里的小草都发芽了，我还看到小蜜蜂从我眼前嗡嗡嗡地飞过去了呢！可是妈妈什么时候能回来啊？”

“嗯，很快的。宝贝，不要着急。”

为了让小女孩快乐一些，吴阿姨常常来开导她，给她讲故事，给她买好吃的，还带她去游乐场，在旋转木马上，她们一起哼着儿歌；在碰碰车池里，她们一起肆无忌惮地笑；在摩天飞轮上，她们一起尖声喊叫……

那些日子，小女孩高兴极了，仿佛妈妈又回到了她身边一样。

小女孩的父亲感动得不知如何是好，只是一味地挠着头，憨憨地说着谢谢，一个大男人的眼里竟然噙了泪。

吴阿姨的眼里同样噙满了泪：“要说谢谢，我还要感谢你家的宝贝呢！她也带给我那么多久违的快乐，我那没来得及看这世界一眼的女儿，如果活着也该有这么大了。”

春天小跑着，摇醒了花花草草和小虫子们，可是始终不见一滴雨落下。

怕小女孩难过，吴阿姨在楼上的阳台上，趁她不注意，偷偷地向她洒几滴水，让小女孩误以为是雨来了。她在偷偷地进行一场人工降雨。

小女孩高兴极了，她大声地喊着：“下雨喽，下雨喽，妈妈来亲我喽。”小伙伴们又给她的心头泼了一瓢冷水：“我们头上怎么没落一滴雨啊？这大晴天的，怎么可能下雨，你该不会是神经出问题了吧？”

她望着楼上的吴阿姨，仿佛在向她求证雨滴的真伪。吴阿姨大声地对她说：“那就是雨滴，是你妈妈的吻。因为她只想吻你一个人，所以只落到你一个人的脸上。”

小女孩使劲儿点点头，这个回答令她非常满意，终于可以让那些小伙伴们哑口无言了。

又一滴“雨珠”溅到她脸上的时候，她闭着眼睛对着天空许下了她的愿望：“如果溅到脸上的，是真的雨滴，那么请让我看到我的妈妈。”

于是，小女孩慢慢抬起头，慢慢睁开眼，这时，她惊讶地发现，楼上吴阿姨家的窗子正在慢慢地打开，渐渐露出微笑着的如花的容颜，像极了妈妈的脸。

她情不自禁地喊了一声：“妈妈！”

“哎！”一句回声，虽然微弱，却穿透了漫长的寒冬，穿透了隔世的墙，盈盈而来。一个回声变成无数个回声，从四面八方涌入小女孩的心头。

那是爱的回声，像阳光一样，浩浩荡荡，不可阻挡。

阳光喜欢穿过裂缝亲吻一个人

做编辑的时候，我曾经看过一个文学爱好者做过这样的自我介绍——

笔名：简·爱；喜欢做的事情：飘；崇拜：三个火枪手；住址：呼啸山庄……

看到这里，我已经笑出了声，但当看到最后，知道了她是一个坚强的残疾人，虽失去了双手，却依然乐观地每天用嘴咬着笔来铺展她的文学梦想时，我的笑里便有了苦涩的味道。

她是个有裂缝的人，但她的裂缝里装着快乐，她用谐谑掩盖悲痛，给我们一个坚强而自信的背影。

我有个远房的表姑，她的小儿子是个先天智障，智商低于80。这孩子懂得吃穿干体力活，但读书不成。他总是让人摸不着头脑，却又似乎暗藏着玄机。

表姑说这傻儿子平时非常孝顺，可那天夜里却犯了邪，晚上强行让家人睡觉不说，半夜里他起来喊叫让全家都穿上衣服出去。表姑以为他犯了傻病，就劝他别胡闹。他急了，到厨房抄起擀面杖和铁铲就逼一家人起来。这样，全家人只好半夜起来到他们的平房外面站着。盼望着这傻子的病早点儿好起来。好说歹说这傻子就是把着门谁也不让进，等到凌晨四点过后，轰隆隆天摇地晃，呼啦啦大厦倾倒。刹那间尘埃遮月，天上地下一片漆黑，惨叫声不绝于耳，天明后残垣断壁，满目疮痍。大地震将他们的房子夷为平地后，傻子哈哈大笑跑了，全家人惶惶然不知所措。

表姑这才想起原来这傻子有第六感，跟猴子大象似的，救了全家人。

这也是一个有裂缝的人，但他的裂缝里装着第六感，那是上天格外的恩赐，就像上帝为一个人关紧了门，却偷偷打开一扇窗一样。

每个残疾人都值得我们去尊重。史铁生在《给盲童朋友》的一封信中说："我们是朋友，但并不因为我们都是残疾人我们才是朋友，所有健全人其实都是我们的朋友。我们除了比别人少两条腿或少一双眼睛之外，除了比别人多一辆轮椅或多一根盲杖之外，再不比别人少什么和多什么，再没有什么特殊于别人的地方，我们不因为残疾就忍受歧视，也不因为残疾去摘取殊荣……我们靠货真价实的工作赢得光荣。当然，我们也不能没有别人的帮助，自尊不意味着拒绝别人的好意……"

就像有裂缝的陶罐可以去种花，那些不幸的人也一样，虽然是残缺的，但残缺的生命一样可以如彩虹般美丽。

人生的美满就隐藏在不美满之中，美满像个喜欢和你玩捉迷藏的孩子，露出白得发亮的牙齿，在暗处的角落里，顽皮地窃笑不止。它在告诉你，这个世界需要不完美的你。

加拿大歌手雷纳德·柯恩说："每一个生命都有缝隙，如此才会有光线射进来。"

是啊，没有裂缝的生命，接受的是铺天盖地的阳光，那是泼洒，是倾泻。而有裂缝的生命，接受的是穿过缝隙的阳光，这时的阳光是抚慰，是疼爱。

阳光就是这样，喜欢穿过裂缝去亲吻一个人。

小蘑菇，我在等你长大

她是一个智障患者，20多岁的人了，却只有8岁孩子的智商。每天都是一身孩子的装扮，马尾辫、蝴蝶结，怀中常常抱着一个大大的布娃娃。

他是她的邻居，两个人从小一起长大，青梅竹马。只是，当他已懂得爱情的时候，她仍怀揣着一颗孩子的心。

她的身体已经是个大姑娘，发育得很好，仿佛鼓鼓胀胀的花骨朵儿，随时要炸开一样。浑身上下透着青春的气息，透着一种让人看了一眼还想再看一眼的美。可她不管到哪儿，都喜欢抱着她的布娃娃，生气了喜欢嘟着嘴，高兴了喜欢蹦跳，不了解真相的人，以为她在故意“扮萌”。

他就那么一直跟着她，不管她走到哪里。他觉得他有义务保护她，因为他喜欢她，从小到大，一直都没有改变过。她对他亦有了依赖，如果有那么一段时间，他不在她身边，她就会感到某种恐惧，她就会到处去找他，直到找到他为止。她会扑到他的怀里，埋怨他，捶打他，他喜欢这种感觉。

她缠着他给她讲故事，他就给她讲了一个关于蘑菇的故事：有一个精神病人，以为自己是一个蘑菇，于是他每天都撑着一把伞蹲在房间的墙角里，不吃也不喝，像一个真正的蘑菇一样。心理医生想了一个办法。有一天，心理医生也撑了一把伞，蹲坐在了病人的旁边。病人很奇怪地问：你是谁呀？医生回答：我也是一个蘑菇呀。病人点点头，继续做他的蘑菇。

过了一会儿，医生站了起来，在房间里走来走去，病人就问他：你不是蘑菇吗，怎么可以走来走去？医生回答说：蘑菇当然也可以走来走去啦！病人觉得有道理，就也站起来走走。

又过了一会儿，医生拿出一个汉堡包开始吃，病人又问：咦，你不是蘑菇吗，怎么可以吃东西？医生理直气壮地回答：蘑菇当然也可以吃东西呀！病人觉得很对，于是也开始吃东西。几个星期以后，这个精神病人就能像正常人一样生活了，虽然，他还觉得自己是一个蘑菇。

讲完了，她并没有觉得可笑，而是有些感动，她想，这人世间，总会有那样一个人，愿意蹲下来，陪她去做一个蘑菇的吧。

她说，我也要做一个蘑菇，我也要吃汉堡包。男孩温柔地对她说，嗯，你就是一个小蘑菇，我喜欢你，你要什么我都给你。

从此，男孩就叫她小蘑菇。而她似乎也愿意他这样称呼她，每次这样唤，她都很高兴地应着。

他的家人给他介绍对象，他一个也不看，他总是喃喃地对自己说：我在等小蘑菇长大。

可是他的小蘑菇永远也长不大，她在那个幼稚的世界里，停滞不前。

可男孩铁了心一般，他宁愿一辈子不结婚，也要守着她。他喜欢她这颗纯粹的心，一颗一尘不染的心。

“我的傻儿子，她那种病怕是一辈子都不会好的，她永远长不大你可怎么办啊？”他的妈妈苦口婆心地开导他。

“不，就算是一辈子，我也等！”他毅然决然。

“要不，你就认她做妹妹，那样你成家了也可以照顾她啊。”

“不，我就是要等她长大，我要娶她。”

面对铁了心的儿子，母亲也没办法，只好听之任之。

男孩带着小蘑菇去抓鱼，带小蘑菇去采花，像两只快乐无忧的小鸟。小蘑菇的父母也知道他是真心待她，也就默认了他和她的关系。

可是，总不能这样一事无成啊。男孩想去城里打工，等赚够了钱就把小蘑菇娶回家。他把想法和父母说了，也和小蘑菇的父母说了，并且希望两家人能够替他照顾好小蘑菇。

“放心去吧，你的小蘑菇别人采不走的。”小蘑菇的父母自然是高兴的，难得有人不嫌弃他们家的傻姑娘。

外出打工很辛苦。男孩却没有退缩，不管多脏多累的活儿，他都干，他的脑海中只想着一件事，挣钱，快点把小蘑菇娶回家。

一天，村子里来了两个陌生人，一直尾随着小蘑菇。在无人的地方，对她动手动脚，小蘑菇很害怕，大喊大叫起来。幸亏他及时出现悲剧才没有发生。他拼了命地冲过去，两个猥琐的男人被他的架势吓到了，逃走了。

那天男孩难得休息，想偷偷回家看看小蘑菇，给她一个惊喜。没想到就像电影里的情节一样，一切仿佛都安排好了似的，有了危险的小蘑菇正等着他来解救。

她惊魂未定，不知道那些人为什么要撕扯她的衣服，他心疼地把她抱在怀里，一遍遍地摩挲她的头安慰她。小蘑菇看见了很久没见到的男孩儿，高兴坏了，天真的她马上就忘记了刚才发生的事，脸上绽放出甜美的笑容来。

他想，他的生命注定要为小蘑菇而生而灭，他要为她圈起一个小小的栅栏，他不允许任何人伤害他的小蘑菇，他要让她健康地成长，尽管那成长的速度是那么慢，那么慢。

小蘑菇，他轻轻地唤着，什么时候你才能长大？

男孩儿不再去城里了，因为他要时刻保护小蘑菇。可不出门打工，他靠什么来养活她呢？他苦思冥想，终于发现新大陆一般兴奋起来——种植蘑菇。

他脑袋聪明，什么东西一学就会。他去邻村的种植蘑菇大户家里虚心求教取经，又在网上学了一些先进的栽培技术。向父母和亲戚朋友们筹借了一些钱，建了菇房，买了菌种，风风火火地干了起来。

小蘑菇看他每天累得大汗小流的，一边为他擦汗一边问他要做什么。

男孩儿说，要种很多很多蘑菇，来陪你这个小蘑菇玩儿。

她高兴得蹦了起来。从此，菇房里总能看到两个人忙碌的身影。

经历了最初的低谷之后，男孩儿的蘑菇坊终于获得了成功，他的蘑菇又大又好，来采购的人络绎不绝。

有钱了，他觉得到了该把小蘑菇娶回家的时候了。

父母知道拗不过，默许了他。

他高兴极了，对小蘑菇说，我等不及你长大了，我现在就要把你娶回家做媳妇。

媳妇是什么呢？什么是娶回家？小蘑菇嘟着嘴问道。

娶回家就是以后我每时每刻都和你在一起了，包括晚上，我们也要在一张床上睡觉啦。男孩说着，这时他惊讶地发现，小蘑菇的脸竟然有些微微地红了，那朵红晕在小蘑菇的脸上逗留着，迟迟舍不得散去——那是长大的征兆。

多美啊！男孩儿忍不住去想，就这样，陪着她做一辈子的蘑菇，有什么不好呢？

我们是天底下最般配的，两个懂得微笑的蘑菇啊！

像两棵柳树一样相爱

那个时候，他们总是在那两棵柳树下见面，他偎着这棵，她偎着那棵，两棵柳树见证了他们风风雨雨的爱情。

男孩儿站在那里，不舍得走。他说他们相拥着站立的地方，会长出一棵树，会开出一朵花，会绽放一个春天。

两棵柳树，垂下它们羞涩的头颅，倾吐内心的柔肠百结，那是漫天飞舞的柳絮，那是它们各自公开了自己的秘密：它们恋爱了。

男孩儿走了，去了很远的远方，说要为女孩儿打一个天下回来。打了最简单的背包，却叠进去最重的爱。他不敢回头，女孩也不敢唤他，他们各自将泪水甩向风中。

成群的麻雀从柳树的枝头飞起，又落下，它们不懂哀愁，天地间满是它们叽叽喳喳的笑声。

女孩儿在这里等，一年、两年、三年，说媒的人开始像麻雀一样，纷纷落到她家的院子里，因为他们相中了她，她是一粒饱满的粮食。

“麻雀”们在院子里啧啧地抖落了很多赞美和叹息，所有的人都劝她忘掉那个穷小子：

那小子家好几代都是穷人，就没见过他们穿过一件新衣服。

只要能遮住腚就算不错了。

好几口人挤在巴掌大的土坯房里，他拿什么娶你啊？

全家都是病秧子，嫁给他就是往火坑里跳啊。

……

但她没有改变她的初衷，只是在月光皎洁的夜晚，常常免不了生出一丝怨怼：走了这么久，怎么就不知道写封信呢？

她天天在柳树上刻他的名字，刻一个就是一天。她会尽量用最轻的力气刻字，怕它疼痛。有时候她会怜惜地抚摸着树干，仿佛在为在它身上“文身”的不礼貌行为向它道歉。

一棵柳树是她，一棵柳树是他。她的那棵比较瘦弱，而他的那棵比较粗壮。

他回来的时候，去了那个河边。看到了那两棵“文身”的柳树，他看到了那些细小的密密麻麻的他的名字，他感到肩上的背包很沉。他依然一无所有，他本来挣了一笔钱的，可发财心切的他最后又将所有的积蓄打进了一个骗子的账号。行囊依旧空空，里面折叠的爱更加沉重。他打消了马上见她的念头，他必须走，他不能半途而废，他必须重整旗鼓，他要盖一间漂亮的新房子，娶她过门。

那一夜，他也在她的柳树上刻了她的名字，满满的一树，也是用最轻的力气，他怕它疼痛。他环抱她的柳树，想象她依偎在树上的样子，一个夜晚，万籁俱寂。

天微微发亮的时候，他再一次转身离开，留给女孩又一次等待的轮回。

女孩第二天来的时候，看到了树干上自己的名字，她知道他回来过，她知道他已经为她留了言：为爱等待。

她知道，爱的真谛不是寻找，而是等待。

她下定决心为他坚守，每天守在柳树下，望穿秋水。风来拨弄柳枝，将那挂满了一树的牵挂和思念，摇得沙沙作响。

她希望他早些回来，她等他等得好苦。

他又何尝不苦呢？他的心，像一块海绵，每天都会拧出大把大把的思念。但他必须忍受煎熬，他要攒钱娶她过门，他要让她跟着他享福。

转眼又过了三年。柳絮再一次漫天飞舞的时候，男孩儿回来了。他放下手中的包袱，背井离乡的种种艰辛也跟着被他卸了下来。他瘦了许多，但腰包却鼓了起来。

在那两棵柳树下，男孩和女孩见面了。他们一起数着树上的名字，那是他们分开的日日夜夜。没有眼泪，只有他们憨憨的笑。

男孩儿问，你不担心我永远回不来吗？

不，女孩儿说，只要有这两棵柳树在，我就知道你能回来。因为它们的根已经纠缠到一起，无法分开。

是啊，两棵柳树恋爱了，就没办法将它们分开了。如果其中一棵被移走或者枯死，那么另一棵也会跟着枯竭。

结婚的时候，他们把两朵大红花分别挂到了两棵柳树上，他们说，让这两棵柳树做他们的伴娘和伴郎。

村里人很快便都知道了他们的秘密，这个浪漫的故事让村里的年轻人艳羡不已。那两棵柳树下面，又成就了许许多多的爱情。村里的年轻人在表达爱情的时候，就会折几支柳树枝子给对方，还有的干脆编个草帽戴着，让爱情在自己的头顶恣意招摇。

村里的广播里，村长在号召年轻人去植树，“特别是柳树，因为那玩意儿代表了爱情。”村长的大嗓门振落了房檐上的灰。男孩儿和女孩儿相望着，手拉着手，会心地笑着。

柳树上的那些字早已模糊不清，但村里的年轻人记住了，不管岁月如何变迁，不管路上还有多少羁绊，只要像那两棵柳树一样去相爱，就一定会在他们自己的春天，绽放出他们自己的爱的柳絮。

漫天飞舞的柳絮，就是恋爱的符号，就是纷纷扬扬的思念……

我唯一的翅膀在你那里

那一年我上高中，家里正是水深火热的时节。屋漏偏逢连天雨，本来就家境贫寒，又遭遇了一场大冰雹，把地里所有的农作物都打成了残疾，这意味着一年的收成都泡汤了。父亲在一夜之间灰白了头发，不仅仅是为了他的庄稼，也为了那个是否让我退学的难题。

无论如何，也不能让孩子中途退学。这是父亲对我和他自己的承诺。由于生活窘迫，我在学校里处处捉襟见肘，那点可怜的生活费我要精打细算到每一分每一毛。在食堂吃最便宜的饭菜，而且每顿饭都吃个半饱。即便如此，兜里的那点硬头货每月还是早早就“举手投降”，向生活缴了枪。

同学们自发的一些活动我从不参加，我的“小气抠门儿”是我的“死穴”， 在他们攻击我的时候常常令我无还手之力。但我也有自己的骄傲，那就是我的学习成绩一直名列前茅，还有我的篮球水平，在学校里也是数一数二的，它可以让我一直挺直着腰板，永不低头。

学校里要举行篮球赛，作为班级的主力，我是必须要上场的，可是摆在我面前的一个难题是，我要穿什么鞋子去比赛？我羡慕同学们脚上那一双双白得耀眼的运动鞋，有阿迪达斯的，有耐克的，如果能穿上那样一双鞋子在篮球场上飞奔，该是多么潇洒，多么英姿飒爽啊！

可我只有两双布鞋，脚上的这一双和包里的那双新的，都是母亲自己缝制的，虽说那是母亲一针一线缝制出来的，但我并未感到过舒适。因为它只能踩在家乡的山路上，一旦踏上城市那做了各种标记的马路，我的脚就像踩到了炭火上，格外难受。因为我看到人们看我时总是先盯着我的鞋子看，我看到他们的脚上穿的都是漂亮的鞋子，那个时候我是气馁的，一双鞋子泄露了我难以启齿的身世：一个穷酸的“土包子”。有一次父亲来，同学们喊我：“你爸在校门口找你。”我问他们怎么知道是我父亲，他们说：“因为他穿了和你一模一样的鞋。”接着是一大帮人肆无忌惮的笑，很坏的笑，能把人撕碎的笑。我看着脚下的鞋子，这贫穷和寒酸的象征，我恨不得一下子把它踢到南极去，让它再也不回到我的脚下。

所以我决定向父亲要一双运动鞋。尽管我知道它很贵，尽管我一向都很乖，很能体谅父母。那些天的夜里，我只做一个梦：我穿着白得耀眼的运动鞋，在篮球场上飞奔。我不停地扣篮、扣篮，像长了翅膀一样，飞了起来！

那时我还不知道家里遭了灾，在电话里还不忘跟父亲幽默一把：“老爸，您儿子山穷水尽啦！”父亲对家里的灾难只字未提，装作轻松地说：“别急，老爸明个给你送钱去，让你柳暗花明。”

我没想到父亲会亲自把钱给我送来，往常都是直接通过邮局就汇来了。我埋怨父亲糊涂，不会算账，这往返的路费要比那点汇费多很多呢。可父亲说他是搭别人的车过来的，没花钱。“那回去呢？”我还在为父亲的愚钝不依不饶，父亲却不恼，他一辈子都没有恼过，他憨笑着说，这不顺道还能看看你嘛！

梦终归是梦，现实还是把它打回了原形。当我向父亲说出要一双运动鞋的时候，他显得很尴尬，他说他没带闲钱来，他支支吾吾地说对不起。“只要你球打得好，同学们就会给你鼓掌的，谁会在乎你穿什么鞋子呢？”父亲自己都觉得这个安慰有些牵强，所以说的时候声音很小，仿佛自言自语一般。

我哭了，当着父亲的面。其实我完全能预料到那样的结果，父母是没有闲钱买这些奢侈品的。但我还是哭了，哭得很委屈。父亲站在那里，不停地搓着两只手，像个做了错事的孩子，显得手足无措。没和父亲说再见，我扭头就回学校去了。

运动鞋的梦想从此彻底破灭了。我想我不能在全校同学面前丢丑，不能让所有的人都因为我的那双布鞋而笑话我，我决定退出篮球队。老师找到我，要我说出退出的理由，我支支吾吾地说，只想抓紧时间学习。

其实他们哪里知道，我是多么想在篮球场上奔跑啊！

就在比赛的前一天，门卫打电话过来，说有人找我。我在校门口看到了父亲，他的手里拎着一双崭新的运动鞋，耀眼的白，让我睁不开眼睛。我以为自己仍然在梦中，直到父亲催促我穿上试试的时候，我才敢确定这是真的。尽管不是名牌，但足以令我爱不释手，它真漂亮，我愿意叫它“白色天使”。我忍不住问父亲，怎么舍得花钱买了它？

父亲说，自从那天听了我的心愿之后，他就忍不住去了商场，打听那些运动鞋的价钱，准备回家取钱给我买。可是每一双鞋的价钱都让父亲倒吸一口凉气。在柜台前，他盯着那些好看的运动鞋看，其实是在看他儿子的心愿。正巧人家在搬货，嫌父亲挡道，就一个劲儿地往边上撵父亲。父亲是个干活的人，看不惯他们干活的样子像小孩子过家家一样。他忍不住替他们搬起货物来，以一当仨。搬完后，老板非要给他些酬劳，他却不肯收。他说就帮了这么点儿忙，怎么好要钱呢？可老板却坚持要给他，他就指了指货架上的那双运动鞋，挠着头，不好意思地对老板说，俺给你干一星期活，换那双运动鞋行不行？老板犹豫了一下，但还是同意了。

那一个星期对父亲来说，是一种多苦的煎熬啊！出力倒没有什么，关键是吃饭和睡觉的问题。因为口袋里没有几个钱，父亲只好每天吃一顿饭，而且每顿饭只吃一个馒头。晚上没地方住，父亲只好到桥洞里去对付，被蚊子咬得满身是包……

“就这样，鞋子到手了。”父亲不无得意地说着。我却再一次流下了眼泪。父亲慌了：“怎么了，不满意这个样式？那我可以去给你换……”我一个劲儿地摇头，说满意。“都大小伙子了，别总掉眼泪。”父亲拍了一下我的肩膀，说要趁早往家赶，要不晚上就到不了家了。100多里路，父亲坚持要走着回去。

我急了，一把拽住父亲，问他是哪个商场，我要把鞋退掉，为父亲换一张回家的车票。父亲死活不肯，我抱着父亲说：“爸，相信我，没有这双鞋子，我一样可以堂堂正正地走路。”

那一刻，我感觉自己一下子就长大了，真正地长大了。

那场比赛，我穿着朴素的布鞋上场了。我不停地飞奔，不停地投篮，不断地把球投进篮筐，威力无比，势不可当。仿佛长了翅膀一样，像是在飞翔。在飞奔的时候，我想到的是父亲，在投篮的时候，我想到的是父亲，我要让父亲知道，我是他最棒的儿子。

从此，我在学校里有了和乔丹一样的绰号：飞人。

从那以后，我更加勤奋地学习。终于在第二年的夏天，考取了梦寐以求的大学。我成了我们山村里飞出去的“金凤凰”，我真的会飞了，是父亲给了我坚强而自信的翅膀。

父亲，我唯一的翅膀在你那里。只有你，可以让我飞翔。

天天向上的花朵

第一眼见到那些画的时候，我们就惊呆了，从而忽略了屋子的破旧。那些画儿画得真漂亮，我们问是谁画的，主人说是孩子随便画的。我们为孩子的天赋被埋没了而感到可惜，就问他是否参加了某种艺术班的学习。“没钱啊，”下岗的许师傅叹了口气说，“孩子生错了人家啊，是我对不起孩子，让他跟着过苦日子。”

许师傅白天在一个修理厂干活，夜里骑辆旧双轮摩托车拉客，他说，有时拉到深夜一两点能挣二三十元，还不要遇上客运管理的，要被抓住了一罚款，几天的辛苦就泡汤了。

我们递给他100元钱的时候，他没有推脱，这对他们贫困的生活来说不过是杯水车薪。看着孩子羞怯地躲在墙角，我的恻隐之心不禁浮出水面。我跑到附近的批发部，为孩子买了一盒画笔和水彩，还有一沓画纸。孩子得到了他的宝贝，一个劲儿地说着谢谢。我从墙上贴的画里面选了三幅，然后对他说：“小画家，这三幅画我买下了，能为我签个名吗？”孩子先是一愣，继而兴奋地跑出去跟爸爸说：“爸爸爸爸，我挣钱了，叔叔买我的画了！”他极力控制着自己剧烈跳动的心，用他稚嫩的手小心翼翼地为我签下了他的名字：许涛。

每年在学校开学的时候，我们都会领到一张扶贫助学的名单，上面罗列了一些贫困学生的姓名和所在学校。我们照例会如同完成工作任务一样选一个阳光灿烂的日子，带上照相机，为他们送一些学习用品。我们会慈爱地摩挲着他们的头，说一些“好好学习，天天向上”之类鼓励的话，然后摁下快门，出份简报，就成了扶贫助学的先进典型。

我们从没有走进过他们的生活，直到春节前的这一次慰问，才让我们真正领略了他们的苦。

我们来到另一个贫困学生家中。那是一个不足20平方米的小出租屋，屋里摆着一张高低床，床上连被子都没有，只有一些塑料纸和几件破衣服。一家三口，就在这张床上睡觉。孩子的母亲因为没钱治病撒手人寰，兄弟俩知道父亲送自己上学不容易，学习都很努力，期末考试，一个考了第一名，一个考了第二名。

简陋的墙上挂着两张奖状，一张是大儿子的，一张是小儿子的。老张说：“每天回到家里，看到墙上的奖状，再苦再累我都能挺过去。”可就是这样两个孩子，因为交不起学费正面临着失学。

“能帮帮我吗？我真的好想上学！”大点儿的孩子这样对我们说。

小的那个男孩只有8岁，他抱住我的腿说：“等我将来长大一定报答你，我用我挣的钱给你买糖吃。”

我们无言以对。生活中的艰难，让他们怎样天天向上？那100元的慰问金，能阻挡这些花朵的枯萎吗？

还有一个学生，是一个失去父母的孩子，和奶奶相依为命。奶奶60多岁了，每天靠捡垃圾维持生计，还要从牙缝里挤出钱来供他上学。

我们带去的一些文具，让孩子爱不释手，小心翼翼地捧在怀里，像得到了新年礼物一样兴奋不已。

院子里到处都是捡来的垃圾，显得凌乱不堪。屋子四处漏风，唯一热乎的地方就是炕头。我们把准备好的100元钱慰问金交到她的手上，对她说："要过年了，给孩子买点东西。"老人却推脱着不要，她说："俺有钱，不信你们看。"她掀开她家的炕席，我们看到了一沓零钱，大约能有几十元的样子。"年货俺也备好了。"她又打开柜子，给我们看她备下的年货：很短的一联小鞭炮，很小的一包糖果，还有几个干干巴巴的苹果。这就是她备下的所有年货。"还有肉呢，"老人兴冲冲地指着外面的一个雪堆，"都在那里冻着呢。那可是隔壁王老头从饭店给俺们带回来的，都是好吃的折箩。我们不舍得吃，要留着三十晚上吃。"

那天，我们都忘了拍照，我们感到内心有些疼痛。看着孩子不停地摆弄着他的小鞭炮，隔一会儿就拆下来一个，喜滋滋地拿着烧红的木棍跑出去放响了。声若蚊蝇，微弱得不及一个久病的人懒洋洋的响屁，但却震得我们不停地打着冷战。

人心净明，天下太平

人心就是天下，人心净明，天下太平。

人心，莫要太过复杂，简单些，明了些，两点间直线距离最短，少绕一些弯子为好。

生气为什么要喊？因为两个人生气的时候，绕得弯子多，心的距离最远。为了使对方能够听得见，就必须喊。在喊的同时会更生气，更生气距离就更远，距离更远就更要大声地喊。两个人相爱的时候就恰恰相反，说话可以轻声细语，因为心与心之间几乎没有了距离，眼神都可以传情了。

曲径通幽处，并非说的是人心，人心如果弯路多了，只能通向更深的黑暗。

诡计，常常都是在弯弯肠子间绕来绕去绕出来的，也绕出了小人。

人生路上，有贵人，也难免会遇到各种各样龌龊的小人。看过一句话说："对付小人，就像对付没有烧透的煤，碰碰，才会燃烧，晾着，自然就灭了。"所以，别人把他们当回事儿。

据野史记载，明末，张献忠"屠戮生民，所过郡县，靡有孑遗"。有一天，他的部下李定国见到破山和尚，破山和尚为民请命，要求别再屠城。李定国叫人拿出羊肉、猪肉、狗肉，对破山和尚说："你和尚吃这些，我就封刀!"破山说："老僧为百万生灵，何惜如来一戒!"就立刻吃给他看。李定国盗亦有道，只好封刀。

破山开戒，换来众生太平，想必如来定会宽宥的吧。

亦舒说，人们日常所犯最大的错误，是对陌生人太客气，而对亲密的人太苛刻。把这个坏习惯改过来，天下太平。

莫要过早埋下恨的种子，那样更多的土和阴影就会埋葬你。试着用爱的土壤去覆盖恨的种子，你会发现恨会变成爱，破土而出。爱恨相容，天下太平。

守着自己的碗吃饭，不要吃着碗里的，想着锅里的，天下太平。

韩美林有个著名的"活命哲学"：没心没肺，能活百岁；问心无愧，活着不累；心底一汪清水，没有过夜的愁；不生过夜的气，也就没有过夜的病。正是依靠心底的这朵莲花，才使他熬过了"文革"那段黑暗的日子，换得片刻太平，否则早已去见佛祖了吧。

小时候，两个小玩伴经常玩一种"天下太平"的游戏，两个小屁孩儿，捡块小石头，找块干净的地皮，画个"田"字框，面对面坐下。手上石头剪子布，嘴上喊着"你输我赢，天下太平"，谁赢谁就在"田"字框里写下"天下太平"的一笔。继续石头剪子布，继续你输我赢，继续一笔一笔地写下，谁先把"天下太平"写齐到"田"字框，谁就赢了。没啥战利品，揪揪耳朵、捏捏鼻子、龇龇牙……然后继续下一轮的你输我赢。小时候是快乐的，是幸福的！在玩的艺术上，每个孩子天生都是伟大的艺术家！

如今，已是快40岁的人了，亦常常扯着妻的手与我对坐，和她说："来，你输我赢，天下太平。"依然童心未泯，看啥都新鲜，觉得啥都是宝！依然相信种种美好，依然爱做黄粱大梦。不去管他，活着就好，快乐就好，不论大人还是娃娃，无论是做国务院总理还是在水鲜市场上卖鱼虾！

人心如同秋日的广场，总是会落些叶子和浮尘。人要时刻备着一把扫帚，为自己扫出一片澄明的境地。

春去春回，花开花落，人心亦应遵循如此自然的规律，莫去强求额外的春光，莫去惦念多余的芬芳，属于一颗心的，或许只是一碗粥，多出一勺，也是你的贪念。

一篮花香，一檐鸟声，一壶日月，一线流光，人生大起大落事，最后莫不归于沉寂。放平稳心，行光明事，仰望，不为攀附，俯视，不为辱蔑。如是，目光所及，皆为风景。

人心干净，明了，与世无争，还何愁天下不太平呢！

第19个生日礼物

从小到大，男孩儿和女孩儿一直是邻居。从一年级开始，他们就一起搭伴上学。大人们常常在一起开玩笑，要彼此结为亲家，懵懵懂懂的他们不知道亲家是什么称呼，在大人们谐谑的目光中牵着手一路走下去。直到上了中学，开始有同学小声嘀咕，说他俩要一起过家家。她第一次感到羞涩，开始有意疏远他，不再一起走了。但她不知道，男孩儿始终在她不远的身后，如影随形。从小学到高中，他们始终在一个班级，这似乎在冥冥之中为一段浪漫的故事埋下了伏笔。在那些骑竹马弄青梅的时光里，男孩儿对女孩儿渐渐萌生了朦胧的爱意。

庆幸的是，他们又考进了同一所大学。其实，凭男孩儿的成绩，完全可以去一所更好的大学，但他却在报考志愿上填了和女孩儿同样的学校。男孩儿祈祷着女孩儿能够顺利考上那所大学，那样他们就又可以在一起了，果然，女孩儿以高出录取分数线1分的成绩涉险过关，让男孩儿凭空冒了许多冷汗。

不管怎样，男孩儿觉得是上帝在帮他。事实上也正是如此，上帝给这个暗恋的男孩儿创造了多少机会啊。但男孩儿始终是羞涩的，不敢将爱说出口。他甚至想从她的眼神里知道些什么，想得到某种暗示，但他看不到，她的眼神始终是平静的，清澈如水，没有任何暗语荡起的涟漪。他想就这样也好，能够每天看到她，感受她永无止境的快乐和满足。

他一次次想表白，又一次次打了退堂鼓，现在他不敢断定，上帝是醒着还是睡下，肯不肯再一次帮他。因为他怕拒绝，他怕打破一份宁静所带来的美好。

每次忍受这样的煎熬时，他都会给自己找些事情做，比如做木雕。男孩儿心灵手巧，他做的木雕栩栩如生，让人爱不释手。女孩儿是属兔的，他就雕了很多姿态各异的兔子，前前后后一共雕了18只兔子，证明着他18次辗转反侧的煎熬。其中有一只兔子，被他雕在一枚木手镯上，那是他最喜欢的，很精致，是他的代表作。他想在女孩儿生日的时候送给她。可是一想到女孩儿那高贵的气质，他便又开始动摇了，他想她的手腕是万万不适合戴这么廉价粗糙的工艺品的。

眼看着大学就要毕业了，女孩儿越来越漂亮，一些大胆的男孩子开始围着她打转，时不时地大献殷勤，他开始着急了，他怕她会被别人抢走。

他想他需要一次彻底的表白。

女孩儿21岁生日快到了，他下定决心要对她说出那个以“A”打头的神圣的字。可是他需要一个像样的礼物。他没有钱，只好把那18只“兔子”拿到了学校附近的集市上去卖，运气不错，不大一会儿就全卖出去了。他用这些钱买了一枚很雅致的蓝色胸针，打了很漂亮的包装，他鼓足勇气，要将这第19个礼物送给她。

可他终于还是晚了一步。当他向她表白的时候，她无比惊讶，她的心像兔子般怦怦乱跳，曾经，她是多么渴望他这样的表白，可是现在，她脸上的那朵美丽的红晕只能为他停留那短短的几秒钟，因为她刚刚和一个追了她很久的男孩确定了恋爱关系，因为那个男孩儿送给她一件让她心动的礼物。“你看，他送给我的，戴着很舒服，我很喜欢。”女孩儿不无炫耀地抬起手腕对他说。

他望过去，顿时感觉一阵晕眩。女孩儿那高贵的、白皙的手腕上戴着的，正是他卖掉的那枚雕着小兔子的木手镯。

路过我心，请迈着梅花鹿的步子

我的心是一张白纸，路过我的时候，我希望，你迈着梅花鹿的步子。那样，梅花鹿的小蹄子，就会在我的心上反复地来回游走，踢踏出一幅曼妙的画来。

一幅曼妙的画，于我是何等重要！就像，积聚了半世的笔墨，等着某个人在某一刻来为我的一生题词。我希望得到的两句诗是：身为菩提拂万物，心似莲花不染尘；就像，一个露水般干净的新娘，等着一个人来掀开她的红盖头，打开她的身体，检验她的清白。

可是，在婆娑的月影下，你还会来吗？

夜里的露水，洗净了你的小蹄子，我不许你跑进那黑暗的境地，月光照不到的地方，我不放心。

那就径直到我的心上来。我清空一切凡尘迎你，在心底举行一次盛大的欢迎仪式，你无须盛装登场，只需迈着梅花鹿的步子。

经过我心，无须你带来外面的消息，我不想打听灯红酒绿里的秘密，不流连歌舞升平里的欢愉。如果可能，请带来一缕风，轻轻扇动我心底的一朵云。这朵云于我心底睡了很久，到了该唤醒她的时候。

每个人都有属于自己的一个关于桃花源的梦吧。那里风和日丽，四季常青，不论时日多久，都不见任何衰败的迹象，这就是所谓的永恒吧。

月光，是我无比寂寥的人生中唯一的欢愉。但不必纠结于丢失和寻找，把她想象为孩子们的捉迷藏，请任由她绽放或者躲藏。

是的，我所求甚少，一抹月光就足以慰藉我半世沧桑的心。偶尔，月光不见了，我亦不觉得悲苦，一颗心，总要经历一些黑暗的时刻，此时，请允许我自由支配我的痛苦。

闭上眼睛，灵魂在呼吸——

人，习惯了在音乐里寻找安慰。那些音符，把我从陌生的路上唤回来。灵魂似乎被抽去了丝，轻得如一缕香，承不得一件薄纱。

人，习惯了在绘画里复制梦幻。那些线条，把我推上奇异诡谲的一段旅程，无数被重复的风景，重新经过我的眼底，它们无法再次将我点亮。

人，习惯了把埋藏在地下的财宝，视为自己的孩子。这根深蒂固的贪婪，把人心牢牢地扎根在暗处。你是否闻到，一股腐朽的味道？

哦！月光出来了，我睁开眼睛，接住她递过来的手帕。

我用它熨平了我的心。

我的心是一张白纸，路过的时候，请你迈着梅花鹿的步子，轻点儿，再轻点儿，我要的，不是那小蹄子敲击出的乐调，而是她踩出来的花瓣。

轻点儿，再轻点儿！

谷 雨

这一次我听清了，是她在敲门！雨滴也比上一次要大，声音也脆亮，不再有暧昧的味道。

——谷雨

至少还有一朵花不会欺骗你

这是一个倒霉透顶的人。自己在公司辛辛苦苦搞出来的广告创意被人窃了去，上司竟然相信了那个可恶的窃贼，反倒认为他有剽窃之嫌。憋了一肚子气的他回到家，竟然在电脑上无意中发现了妻子背着他和别人偷偷私会的秘密。他颓然，这个不幸的人，不断被生活欺骗和遗弃。

无端被冠以“小偷”的头衔，现在又多了一顶“绿帽子”，这些都让他抬不起头来，每天在同事们异样的目光中闪躲，一颗心疲累至极。觉得自己在人生的舞台上，就像一个小丑一样，被无数人嘲笑着。

他选择了辞职，他要换一个地方重新开始。

新的环境里除了一个多年的老朋友之外，再无一个熟人。而这个朋友，是他唯一可以说心里话的人，他把自己的境遇和盘托出。

朋友说：“你就先到我那里住段时间吧，生活不能操之过急，要慢慢地过。”朋友让他帮着侍弄一个园子，因为想在那里建一个花园。

朋友拿来一些花籽，让他帮着种上，并对他说，什么时候这些花都开了，你什么时候再去找工作，别着急，慢慢来。

他想反正也要休整一下，就听了朋友的劝告。慢慢地，花儿破土了，一点点长高。他细心地侍弄着那些花，仿佛侍弄着自己的灵魂一样。园子里的杂草很多，他一根一根地拔，他要让每一朵花的旁边，都干干净净的。

仿佛就在一夜之间，园子里的花都开了，一朵一朵，争先恐后。

朋友说：“这是你自己创造的花园，看看吧，这就叫姹紫嫣红！”看着那些怒放的花儿，他忍不住热泪盈眶。“是啊，这是我自己创造的，我也可以创造这么美的春天啊。”他顿有所悟，“一个人如果因为悲伤而沉沦，就如同花儿没有了阳光而渐渐枯萎。那陷落的，何止是一颗心啊，还有亲人的，朋友的，无数颗关爱的心。”

第二天早上，他起身告辞，轻装上阵，心灵上不再有任何负担和羁绊。有了这样的好心境之后，他开始工作，不管做什么，哪怕是扫大街，都会很开心地去做。

失去了一朵花，他却得到了一个花园。

他想，就算生活欺骗了自己，但至少还有一朵花，永远不会欺骗他。

向善良的心行礼

一天早晨，坐在的士里，司机一边开车一边收听着本地的一个新闻频道。当时本地发生了一起煤矿透水事故，一共十二个人被困井下，通过抢救，已经成功救出其中的八人，还有四人生死未卜。忽然，收音机里的音乐骤然停止，紧急播出了一条新闻：被困井下7天7夜的矿工已被成功救出，正在送往医院的路上。我看见司机兴奋地自言自语："太棒了，太棒了！"看他如此兴奋的样子，我问："那四个人中是否有你的亲戚？""没有，"他说，"我就是为那几个顽强的生命感到震撼。"那天，我们谈了很多，在关于矿工赔偿金的问题上，我们的看法是一致的，我们都认为不应该仅仅是给死去的人赔偿金，更应该给在井下坚强地活下来的人一笔奖金。因为如果能形成这样一个条文，被困井下的矿工就会多一些活下去的动力。"但愿有一天，有人大代表可以把我们的想法形成一个提案提交上去。"他说。

经过医院的时候，他问我能否等他一小会儿，他说他要看着那几个生命被抬进医院，然后对他们鸣几声喇叭。"我只能用我自己的方式表达一下我的敬意，就算是向他们行礼了吧。"

我欣然应允，不停地点着头，看似在默认他的行为，其实这也是我在向他那颗善良的心行礼。

高考的日子，我照例天不亮就起床，照例打开音响，让音乐引领我快乐的一天。可是妻子悄悄将它关掉了。妻子说："隔壁的孩子今天高考，让她再稍微睡一会儿……"

我给了妻一个轻轻的吻，这是我在向她善良细腻的心行礼。

当天，在公共汽车上，我遇到一个学生，看样子是个窘迫人家的孩子，穿着很朴素，或许由于没怎么出过门，她有些紧张。别的孩子高考，有一大帮亲人陪着，而她只是一个人。

她怯怯地问司机："在哪里下车离五中最近？"

"你是去参加高考的吧？"司机问道。

她点了点头。

"今天破例一次，送你到五中门口吧。"司机爽朗地说道，"祝你考个好成绩！"

我看到她感激地向那个司机鞠躬行礼，满世界的阳光似乎都汇聚到了她的脸上，只因为一个陌生人的一句祝福。

在报纸上看到了关于崔永元的一件让人感动的事，他宴请北京"7·21"暴雨中救人的150多名农民工吃饭，给他们敬酒，向他们鞠躬，对他们表示敬意，质朴中透着一份大爱和尊重。

我的一个朋友，她把不能穿的衣服洗干净了，叠整齐用袋子装起来再放在垃圾桶旁边，她说如果有人需要它的话还可以再穿，如果直接扔垃圾堆里那它真的是垃圾了，她说话时是那么漫不经心，却深深地触动了我的心灵，我用崇敬的眼睛向她善良的心行礼。

周立波说，你的一次微笑，一次宽容，都是在做一次公益慈善。那么，为那些朴实的、善良的心行一次礼，投去一抹赞赏的眼神，一个鼓励的手势，是不是也是一种善良呢？

善良是火种，只有不停地传递，才能照亮世界的每一个角落。

无法囚禁的花香

那日经过旧居，沿街途中闻到了桂花香，但那香气却显得如此单薄和孤单，两年前这里还有很多棵，我在昏黄的路灯下一株株辨别，却只找出一棵来。

我向街边的小贩们询问桂花树的去向，他们说被人先后移到领导楼下门前了。

一时无言。

桂花树当然也不能因被挖离旧土而不开花，但花本身的走动，该是它极不情愿的吧。尽管它依然俊挺，依然在别处散发着浓浓的花香，只是想到富豪权贵家中气派的书柜上故作风雅的精版名籍，不知有几本等来过知己的阅览。此外，他们更有着锦衣玉食、香车宝马可供享乐，他们会真有心思为楼下一棵因他而来的桂花树浮想联翩，继而重新拾起丢失许久的诗意来吗？他们肯为那郁郁花香开启他们戒备森严的窗吗，哪怕片刻？

他们果真是因为爱它而把它们迁移的吗？

他们只是在囚禁一棵花树，他们并没有闻到花香。花香是藏不住的，所以你无法囚禁它，永远无法将它据为己有。

和这些人相反的，有位退休的教师，好音乐、好花草，犹爱桂花。若在大街小巷行过时闻到桂花香味，一定会循着花香一路跑去，直到站在花树下深深吐纳，让满心喜悦尽情释放。

他在楼下花坛种下一棵桂花树，浇水松土，朝夕相对。可是没过太久，桂花树被人连根盗去。邻居们无不以为他会懊恼至极，但他没有。他笑笑说："来偷的人一定也是爱这花的人，定会好好待那棵树。只要它在散播花香，又何谓长在哪里属于谁呢！"

这位教师应该是真正的爱花之人，他知道花的香气是给爱它的人散发的。

我在检察院的同事老沈不仅案子办得好，花也养得好。他办公室里的那些花儿，在它的侍弄下，个个精神饱满，意气风发。

那段时间我的家庭和事业都不是很顺利，我对老沈说："赶明儿帮我压一棵花吧，要那种能开大朵的，我要让这个死气沉沉的办公室灿烂一点儿。"

老沈没有应声，仿佛没听见一样，我也就没再说什么。

过了一段时间，我看见他办公室里新置了一个花盆，里面有一棵小小的嫩芽，上面还扣着一个大罐头瓶子，瓶子里沁着花儿成长的汗水。我想老沈这人大概有些厚此薄彼，待人不公，要不怎么不给我压花却给别人压了一棵。

在那棵花苗生出第一片绿叶的时候，老沈在配合公安机关抓捕逃犯的时候扭伤了腰，院里考虑他年纪也大了，就让他在家休息。可老沈还是隔三岔五地过来，不为别的，他不放心我们办案子，每次来都提醒我们一些办案中应当注意的细节，顺便照看那棵幼小的花苗。他弯不下腰，端水时僵直的身子让人发笑。我就对他说我来替他照顾，可转个身都费劲的他就是信不过我，说年轻人毛手毛脚的，怕伤着花苗。

就在我整个人生都心灰意懒的时候，老沈把那盆水灵灵的花送给了我，他说这棵木菊本来就是给我压的，怕我照顾不好，只好等到它们的身子骨结实了一些再送给我。

我看到那憨头憨脑拼着劲儿生长的嫩苗，在阳光下英姿飒爽。尽管它还要很久才会绽放出花朵来，但我已闻到了暗暗浮动着的淡淡花香。

有善念的人，闻到的花香比一般人要多，因为那花香与他内心的花香形成了对流，在空气中缠绕，会越聚越多。

看见夜里绽放的那朵花了吗？那是让我敬佩的花，在黑暗里兀自绚烂地绽放，不去羡慕白日的繁华。

一朵花，因为有了花香而生了脚，它依靠自己的芳香，自由走动，把它的爱传遍了天涯。

我听到了叶子的尖叫

没有一丝风，没有。而我却听到了叶子的尖叫。

那尖叫里带着对生命的谐谑，带着对往事的深深眷念。那尖叫被一只慢慢蠕动的小虫驮着，缓慢爬行。那尖叫随着阳光下的一滴露水，被慢慢蒸发。

我似乎看到它探着小脑袋，好奇地张望着这个世界，每一寸阳光都令它欢欣鼓舞，每一丝风都令它手舞足蹈。尖叫的，还有与它对应着的一双好奇的眼睛。那双眼睛始终在探寻，包括叶子的每一个纹路，似乎要循着这个痕迹窥探到它的前世呢！

那尖叫里也有无奈，因为那些无法抵挡的灰尘。

但灰尘是不可避免的。灰尘是日子的润滑剂，让生活不停地向前滚动。

叶子，那么安然地镶嵌在我的玻璃框里，与我互相守望，它也有睡意蒙胧的时刻呢，除了尖叫，我一样听得到它微微响起的鼾声。

每每看到树，我总是习惯去抱抱它，闻闻它的叶子。还记得少年的自己做过这样一个梦：拥有一家只在夏天开放的超市，24小时营业，而且一定是在大树旁，因为喜欢超市在巨大树木旁的气息。坐在二楼的厅堂里，裸着足，透过亮净的窗玻璃，望着窗旁摇曳的树叶，心里定是十分安谧的。

对叶子的感情，怕是从这个梦开始的吧。

小时候，你也喜欢用叶子做书签吧。在叶子上面写一些美丽而年轻的句子，写一些对某个人朦胧的爱意，像梅花鹿的蹄子一样，迈着年轻时代的小碎步，把一份若隐若现的情思透露给叶子。

坚信了叶子的守口如瓶，不会泄露你的半点幽怨。只是，当它已成残骸，在你的书页间渐渐失去体温的时候，你感觉到它的微凉了吗？

许多年以后，你和那喜欢的人再度相遇，人世沧桑，各自都已变化太多。你把书页里那些风干的叶子拿给那个人看，你说：“看，曾经有一场暗恋美丽了这枚叶子。”她黯然：“一颗心为什么要等到现在才打开？”

是啊，为什么要等到现在才打开？不得不承认，在叶子面前，我是一个胆怯如鼠、微渺如蚁的人。不光是感情，在面临令人措手不及的无常人世时，我常常会逃走，留下一克拉的恐惧。

还好，夜是我的，它可以为我疗好白天受到的伤害。在氤氲的灯光下，在酒精的环抱里，尽情挥霍着所剩无几的青春。我可以无比炫耀地说，在夜里，我是一个如鱼得水的精灵。但是，当那个早晨温柔的阳光将我摇醒的时候，我看到了阳台上那盆水仙的叶子，一滴酣睡的露水也正在慢慢醒来，顺着叶子的尾翼向下滑去。我被这无比生动的场景感染着，第一次感觉到，无数个妖娆的午夜和余香未尽的凌晨，都抵不过这个优雅的早上。

多久了，只感到被生活推着向前走，没有力量后退，更无法重来。

兴奋还未退去，心已经空荡。聚会、应酬，生旦净末、嬉笑怒骂，人前流露豪爽的性情，站在空空的屋子里时，却只影孑然。指尖的烟，明明灭灭，一圈儿一圈儿，皆为寂寞。

忽然，有了一种危机感，感觉到时光的残酷，它已经不知不觉地把你赶到了青春的边沿。觉得自己越来越像一片空中飘落的枯叶，无奈，苍凉，却努力以最优美的姿势飞落如蝶。但我亦深知，叶子最后的舞蹈里，不再有尖叫，换成了一种如释重负的欢畅的吟咏。

这一点，我当学叶子。

对时间变得模糊，对人情变得陌生，对世界变得虚无……一年一年，就这样随波逐流地过去了。有人，曾到过我的窗外，或者曾想要问我，为什么这样生活吗?

杂乱的风景来去匆匆，人，太寂寥，容易让一些无关的东西混进记忆。

每天从钢筋水泥的城市中穿过，偶尔也见到一些“大自然”的东西。比如花市里的花，离开温棚会很快地次第死去；比如染上五颜六色毛茸茸的小鸡，被当作安全又廉价的孩子的玩具；比如空中那巨大但呆滞的鸟儿，其实那只是风筝……

真实的，亲切的，怕是只有这在早晨尖叫的叶子了。

人，很多时候做不到如叶子般洒脱。绿的时候，恣意妖娆地登场，黄的时候，了无牵挂地谢幕，绝无半点黯然销魂之意。

我当努力使自己成为那样一片叶子。

没有一丝风，没有。而我却听到了叶子的尖叫。

为你画一张向日葵的脸

一

他在街头给别人画肖像，那一天，他遇到了一个令他难忘的女人。那是个忧郁的女子，他清晰地看到她脸上滑落的泪水。莫名地，他的心跟着隐隐作痛。如果可以，他多想，把她脸上的泪水移到他的脸上来，把她心中的痛楚移到他的心上来。他鬼使神差一般，望着她，不自觉地为她画起像来。

画里的她是带着明媚的欢颜的，他为她隐去了那滴眼泪，他想用这幅画告诉她，她笑起来会更美。

他跟在她的后面，迟迟没有勇气把画交给她。直到她回了家，万幸的是，她就住在他的对面。

“怎么以前就没注意到她呢？”他为自己曾经的粗心感到沮丧。

他知道自己没有办法用言语去给予安慰，于是选择偷偷地将一张张画纸贴在窗前给她鼓励。那画纸上是她的脸庞，简单的线条，却都是清一色的笑脸。如同向日葵一样，绽放着火一样的对生命的热情。

二

那天，她刚刚收到男友的来电，五年的恋爱关系在五秒钟里被否决得一干二净，她强忍着不在人群中哭出来，可是一滴泪还是不由自主地落下，是的，只有一滴泪，她以为被风吹散了，却还是被他看到。

她不知道，就是她的这一滴泪，在他那里却变成了恣意汪洋，变成了惊涛骇浪。

她整整两天没有走出自己的屋子，父母心急如焚，怎么劝也劝不过来那颗受潮的心，只有跟着她长吁短叹。

全家人的生活都跟着陷入泥潭，阴霾重重。

无意间，她打开窗帘，看见对面的玻璃窗上贴着一张大大的笑脸，那笑脸看着那么眼熟，很像快乐时光中的自己呢。

她惊讶地发现，那玻璃窗上的笑脸每一天都会换一张新的，线条不一样，颜色不一样，唯一不变的是笑脸。

接下来的日子里，她竟然有些依赖那些笑脸了，每天早上，只要看到那些笑脸，即便是雨天，依然会感到心头升起太阳。她很想知道，那个每天不停画笑脸的人是谁，但她一次都没有在窗前见到过。

她永远也不知道，这个给她画像的男孩儿曾经那么近那么近地跟在她的身后，如果她回一下身，没准儿就会和他撞个满怀呢。

那些笑脸，就如同引她攀爬的藤一样，令她在低谷里，有了向上的勇气。

那些笑脸，将她心底的伤疤完完全全地愈合了。

她终于下了决心，要去看看对面这棵向日葵。

三

她有些忐忑地敲响了他家的门。

一个发髻凌乱，憔悴不堪的老妇人开了门，问起家里是否还有其他人的时候，老妇人长长地叹口气说："都走了，一个接着一个，我那不讲信用的老头子，说好了一起走，他却先走了。还有我那苦命的儿子，得了肺癌，也走了。唉，现在就剩我一个孤老太太。"

她的心一紧，仿佛被某种东西攫住了一般。

"那么，能告诉我，您家窗户上的那些笑脸是怎么回事吗？"

"那是我儿子让我那么做的，我不知道那几天他怎么了，为什么拼了命一般地画啊画的。为了画这一张张不同的笑脸，他吐了很多血，不然他还能多活一些日子的啊。"老妇人开始抽噎，"他告诉我，让我每天在窗户上贴一张不同的笑脸，虽然不知道他为什么这么做，但我还是顺从了他的遗愿，这也算是我怀念他的一种方式吧。"

她呆愣在那里，仿佛听了一个虚无缥缈的故事。可是现实告诉她，一切都是真的，一个喜欢她的男孩儿，在临终的时候拼了全力，只为能让自己爱的人重新快乐起来。

她认真地看着那些笑脸，没错，那画的就是她，虽然线条简单，但她准确无误地认出来了。她看到每幅画的旁边都写着一句话：只有爱笑的女孩子，运气才不会太差。

她告诉自己不能流泪，她不能辜负男孩儿的那颗心，她必须让自己的心，始终蘸着阳光，写一首首向上的诗。

她拥抱着那个因为伤心而不停战栗着的老妇人，轻轻地说："如果您愿意，以后我就是您的女儿。"

倘若生命列车可以返程

倘若生命列车可以返程，你会给你的人生，准备好怎样一副行囊？

1965年的秋天，他即将退役。部队领导经过严格考察和筛选，决定留下五个人在部队重点培养，他是其中之一。就在此时，家里的一封信改变了他一生的命运。家里人在他当兵之前给他介绍了一门亲事，现在女方催促他回家完婚。他就像被什么东西附了身一样，一刻都等不下去，他放弃了这一切，包括转业安置的机会都不要了。其余那四个留下的人，后来都做了军官，职位都在团级以上。而他做了一辈子农民，一生和土地打交道，除了当兵之外，没有再出过远门。晚景虽算不得凄凉，但过于单调，每日里和几个喉喽气喘的老家伙打点小麻将，常常为输了几块钱而郁闷好几天。他微驼了背，有点老年痴呆的假象，当年的老兵组团来看他，讶异不已，他看上去比那几个当了军官的战友至少老了十岁。

“唉，如果当初……”战友们对他的境遇唏嘘不已，一声叹息如叶子般轻柔地落到他的后背上，却令他猛然向前趔趄了一下。

1991年的秋天，一个十五岁的少年，因为过于高傲，中考志愿上只报了一个重点高中，结果以一分之差被拒之门外。高傲的他放弃重读的机会，认为不上大学，靠自己的本事一样可以成为人中龙凤。结果走了很多弯路，付出比别人多好几倍的艰辛，用了近二十年的时间才取得了一点小小的成就，而当初几个成绩不如他的同学早于十年前就拥有了他现在所拥有的一切。一个决定，让他丢失了十年的好时光。

2005年的春天，一个中专毕业的姑娘决定不高考，去找工作。尽管同学和老师一再相劝，说她考个好大学不成问题，将来的前程也会很光明。她不为所动，只想尽快找到一份工作，早一点赚钱养家，因为家境实在太过窘困。她做过很多工作，目前在一个浴池做收银员。一个高傲的学子，身上的光芒正慢慢褪去，只剩下一份平庸。

这三个人，分别是我的二叔，我自己，以及我的表妹。我们选择了现在的人生，并势必在回忆的时候抱怨生活，抱怨自己走过路过错过。倘若时光能够倒流，人的一生也能如列车一样有返程，我想我们一定会认真准备好自己的行囊，带着最初最美好的愿望，从头开始，重新去认识道路。

妻买回那盆荷花时，还是含苞未放的。夜半被朋友找出去，陪失意的他喝酒到天明。待我回来时，只见一枝洁净的莲，盈盈开放在这间寂静的小屋。趁着屋子里淡淡的薄香，我睡了。中午醒来时，看到花瓣合在了一起。这是白荷花的节律吧——它只开在夜半和黎明。

第二天，我有了时间，把它放到我的书桌上，准备一边写文章一边看着它，以为这样便不会错过它的再度开放。然而未及晚上，花瓣便一枚枚从茎端飘落……

初时伤神，继而明白——凡世间可遇不可求之人和事，都因他们自有节律。所以有错过，也是不必太过哀伤的。因为那一切从来时便是为了要去的，只不过从我们眼前一时经过一下。于这样的缘分，若我们不能看得分明，悟得透彻，必定要徒惹些惘然的伤感！

虽是擦肩而过，我不是也在那薄薄的荷香里美美地睡了一觉吗？亦当知足了吧。

人间事，若细细掂量，错过的总是比握住的多得多，但错过的景致正因为是错过，而在心头占据着一定的位置，从而不忘，虽然遗憾，但也算另一种意义上的收藏吧。

人生本来就是由各种遗憾组成的，所幸，我们只是错过，而不是过错，所以，请继续怀揣着那些美好的心愿，继续着生命列车可以返程的梦想，不要遗弃它们，永远。

下午四点，不见不散

小离

小离得了健忘症。任何事情，包括在别人看来激动人心的，也无法在她的心底荡起一丝涟漪。因为她想不起别人对她的好，对别人总是不冷不热，所以她的朋友很少，几乎为零。她不敢走到大街上，因为她怕迷路。她故步自封，把自己囚禁在一个不为人知的角落，从不把自己的内心当作往事的储藏室，因为从小到大，记忆总在伤害她。她的心底，没有留住哪怕一丝美好的光阴。五岁那年，妈妈骗她说去坐火车，结果和别的男人跑掉了。爸爸整日酗酒，常常不知所踪。她守着自家开的钟表店，却不清楚守着的究竟是什么。唯一给她带来些许乐趣的中学时光也断袖离身，渐行渐远……她不明白自己为什么叫小离，是不是冥冥之中预示着所有美好的东西都将慢慢远离她？

她给自己准备了很多小纸条，以提醒自己时刻想起那些不该忘掉的事情，比如某个人的手表几号来取，比如修理各种表的不同的价格，比如提醒父亲吃药……那些被当作备忘录的纸条就是她的生活，她的或轻或重的鸡毛蒜皮，它们爬满她的墙壁，像上学的时候满山的英语单词。不知道从什么时候起，她记住了那些生涩的单词，却忘记了活生生的人和事，她靠这些备忘录摸索着生活，所以她的日子，看起来比别人过得都慢了半拍。

她遗忘掉很多，因为遗忘，日子倒也平静，便不会再感伤。

四点

下午四点，一个男孩来钟表店，修一块进了水的表。男孩说，他叫兰亭，是她的初中同学。她依稀记得这个名字，只是和记忆中的那个朦胧影像有点搭不上边儿。她在那面墙的备忘录里慢慢摸索，竟然发现了“兰亭”两个字，所以她断定，这个人一定在自己生命中扮演过很重要的角色。

“兰亭，”她大声地喊他，“你是不是有一年端午节给我买过荷包？”她空空的大脑里难得有这样鲜活的记忆。“是的，是的啊。”兰亭欢快地应着，“你还说你很喜欢，从小到大，第一次有人送你礼物呢。”

她仿佛抓住救命稻草般，在记忆里抓住兰亭这根绳子。

之后的每天下午，四点钟，他都准时到达，依旧修那块表。兰亭记得很多关于小离的事情：不吃午饭，喝大瓶的牛奶，喜欢翻墙进教室，喜欢看武侠小说，喜欢和老师作对，作文写得好，老师对她又爱又恨，放学后会看完最后一班火车再回家，因为她在盼着某一天，她的妈妈会坐其中的一班火车回家……自己忘记的，却有另一个人拾起来，帮自己保管，这种感觉是令人欣喜的，它证明了一个人在他人的记忆中的重要性。小离开始在她的生命中重拾快乐。她想，只要有人还记得我，就好。证明自己并不是僵硬的，依然可以有温软的记忆。

兰亭

下午四点，伴随着明媚的阳光，总有一个男孩来找她，他说他叫兰亭。

毛绒玩具、古铜色相册、锈掉的口琴……和过去的年少时光相关的，小离一个一个地翻出。她曾经沉睡的回忆，慢慢地，慢慢地，浮了上来。她想，她的心又何尝不是一块进了水的表呢？忘记的那些人，那些事，就像不按规律行走的分针和秒针，让她的世界发生紊乱。什么时候，她内心的秩序才会正常呢？

有了他的陪伴，她不再惧怕出门，因为不担心迷路，他会安全地把她送回来。他们曾一起出行，行走到某个水潭边，背靠背坐着。兰亭吹着口哨，小离低声哼唱，不知道为什么，小离感觉到兰亭的口哨里充满了忧郁的味道。她甚至坐上了因为母亲而一直不愿去乘坐的火车。远方真的很诱惑人，怪不得母亲会毅然决然地一去不返。兰亭一点点帮她找回那些失去的过往，她的心也一点点地重新开始哀凉。尽管有些伤感，却因为身旁有一个人平静安稳的陪伴，她可以勇敢地面对。

可是，可是，一连好几天的下午，四点钟，兰亭没有来，她打电话去询问，听筒另一端的女人说，你不知道他早已过世了吗？一年前。

如果，这是真的，那么，那个人又是谁？一颗惊慌失措的心，节节后退。

小离的绳子断了。她刚刚有些清晰过来的记忆又开始模糊不清了。

高歌

几天之后，那个男孩又出现了，只是，不是在下午四点，而是在阳光明媚的清晨。他为她扯开了关于下午四点的幕布：

他叫高歌，是兰亭最好的朋友，他们分享对方的秘密，了解对方的一切。因为一句玩笑话，不懂游泳也从不拒绝的兰亭跟随高歌从小瀑布上跳下，再也没有回来。如果说那些痛苦的过往小离选择遗忘的话，高歌则选择记住。心中巨大的空洞无法被填补，于是，被内疚包裹的他患上人格转换症，下午四点后，他变成兰亭，找到曾经暗恋的女孩小离，去完成当初未完的恋爱。他太投入，所以渐渐迷失自我，他进入兰亭的世界，却找不回自己的空间。丢了朋友的高歌，也仿佛丢了自己。

沉睡的青春，因为那段未完成的爱而产生交集。兰亭在高歌的体内被唤醒，而小离则因为兰亭的出现而重拾过往。选择忘掉的人也会被这世界遗忘，而打破被封存记忆的人则期待重生。

只是，高歌依旧变不回原来的高歌，四点后他还是兰亭。高歌被送进精神病院治疗，四点之前，他很正常。四点之后，他开始焦躁不安，他非要去小离的钟表店，他要找到小离。四点以后，只有小离可以安抚他躁动的灵魂，只是，这样是不是会让他的病症加深呢？一番挣扎之后，小离决定放任那些似有似无的爱情。“四点以后，他就会开始爱我”，这甚至成了小离每一天的期待。

“小离，如果我不是在下午四点去看你，而是在每天的早晨，你还会爱我吗？”

高歌这样问小离，小离仰着头，调皮地若有所思：“大概也许差不多吧……”

小离带着高歌逃离了医院，而高歌领着她来到兰亭离去的那个小瀑布前，那是四点之前，他清醒地做着高歌。他大声地喊着：小离，我爱你。然后义无反顾地纵身跃下。相同的地点，相同的姿势，只是这一次，变成了会游泳的高歌。所以，高歌不会死，但是高歌选择这一跃，可以看作是兰亭对这场爱情的告别吧，关于爱的故事也会随他一起睡去。

沉睡的，是兰亭。重新醒过来的，是高歌。

早晨

我还是这样的想象/事实总是多于遐想/你也不用刻意地补偿/到现在有或没有的感伤/可是始终还是这样/我连挣扎都不想抵抗/躲起来也显得那么匆忙/这可不像我应该的模样……

歌声就这样猝然响起，那些逝去的青春是否也同样埋在了那个小水潭下，谁又说得清。如果没有高歌，小离不知道这个世界上还有一个叫兰亭的男孩刻骨铭心地暗恋着她。高歌唤醒了兰亭和她的爱，可是兰亭却只带了一个灵魂来和她约会，那个灵魂在高歌的身体里，在每天下午四点之后的氤氲时光里。

这个健忘的女孩，再也忘不掉，这些甜蜜而感伤的时光。她用这种方式医治好了自己，如同修好的那块进了水的手表，分针和秒针开始循规蹈矩，按部就班地散着步。

只是，她不再满足于四点之后的短短时光，任何人的时光被分割，都是令人心疼的。爱早晨，还是四点以后的黄昏？她想，高歌医治好了她，她也一定会医治好高歌。既然高歌带着兰亭的使命来爱她，她就要快乐地过着她的每分每秒，毕竟，早晨是一天中最美的时光，不该错过。

她陪着他在医院接受治疗，让他渐渐淡忘了关于下午四点的概念，兰亭渐渐从他的灵魂里离去，他慢慢变回一个完整的高歌。

终于，在那个清新灿烂的早晨。小离握着高歌的手，一字一顿，认真快乐地说：高歌，我爱你！

青春是用来宠爱的

青春不光是用来挥霍的，更是用来宠爱的。

青春里，每一个女孩子都是天使，你给她一件漂亮的连衣裙，她会为你舞蹈成天鹅。你给她的头上插上一朵花，她就会为你翩跹成蝴蝶。

女儿的校服宽宽大大，穿在身上很难看。她不喜欢穿，从学校到路上只有十分钟的路程，就这十分钟，她也把校服放在书包里，穿着漂亮的花裙子上学去，然后到学校再换上校服。每天如此，不厌其烦。终于毕业了，她有一种彻底解放的感觉。把用过的书本都送给了拾荒的老人，可是那件校服，她却犹豫了，最后她对妈妈说："替我留着吧，这以后不用穿它了，还有点儿舍不得了。"

宠爱青春，简单到一件难看的校服。

最近几日的夜里，总能听见一个男孩儿在楼下声嘶力竭地唱着伤感的情歌，我想他一定是失恋了，他的女友一定在这个楼里，他或许想用这种方式感动她吧。可是他没想过，他这样做很是让人厌烦，尽管他唱得不难听，但那时是人们休息的时间，他这样做，只会被人骂为神经病，而那女孩儿也断不会有半点感动吧。

傻傻的男孩儿，你不知道，女孩儿一旦移情别恋，你是无能为力的。你为她唱千万遍情歌也不够隆重，为她写千万首诗歌也不够热烈，你唤不醒她，因为她在另一个人的心里。

回过头去，好好去宠爱你自己的青春吧。

青春之所以美丽，是因为很多东西都可以失而复得，都可以推倒重来。青春，摔倒可以，万不可堕落啊。

年轻时候互有好感的一对男女，因种种原因没有走到一起。二十年后在网上不期而遇，约好要见上一面。女人有些犹疑："你要做好思想准备啊，我已不再是年轻的我，当年青春的润泽已被皱纹替代。"男人说："我们相互约见的不是现在的你我，而是曾经，我们只是要找回当年的感觉而已。我相信，紫蔷薇依旧还会如昨日一般芬芳。"

彼此释怀。即便老去，每个人也都可以在青春那里领到一张怀旧的门票，自己不必再去台上盛装演出，只是静静地，在台下看那些似曾相识的身影和桥段，彼此的心还在那里，不见不散。

温柔地怀念旧时光，也算是对青春的一种宠爱吧。

在豆瓣里看到有人写下这样的话：

"开一个店，寻找一种清寂。一切美好的东西：花布。衣物。设计。

读一本书，发现一些私语。一句完美的意念：素年。锦时。清欢。

听一首歌，回味一段悱恻。一串起伏的辗转：捕风。捉影。继续。

想一些人，告别一幕青春。一场忧伤的岁月：无声。流年。湮灭。

写一段话，浮生一枝莲花。一个对半的自己：欲望。沉寂。于心。

看一场电影，上演一出默剧。一段光影的斑驳：岁暮。清朗。远行。”

如此这般，算是对青春最好的宠爱吧。我想这句话一定出自于一个慧心的女孩儿之手，那双手定会翻阅诗篇而不流连于八卦绯闻；那双手定会轻抚琴弦而不热衷于香烟缭绕；那双手定会研磨咖啡而不迷恋于虾片薯条……

青春会在每个人的生命里绽放，宠爱青春吧，因为它终将逝去，以烟花的颜色，以闪电的速度。或许，你正在为各种各样的题型郁闷，为无尽无休的作业恼恨；或许，你正在为竞选班长失利郁郁寡欢，为同桌借而不还的一块橡皮耿耿于怀；或许，你正在为朋友的一个误解而蹙眉，为恋人的一个迟到而嘟嘴……多年以后，你会发现，当年心里的一块块小石头，正在变成无数的小金块儿，闪着黄澄澄的光，给你铺下了多么值得炫耀的一段路啊！

青春。

苹果不是用来端详的

一只苹果，当它还是一个青苹果的时候，人们便开始猜测它成熟后的样子。被人们热切的眼神关注着，苹果觉得很幸福。于是它盼着自己快快成熟，盼着自己快快脱离枝丫，盼着见到更广阔的世界，甜蜜的憧憬令它的脸不知不觉地红了。

日子鸟儿一般飞过，它的体态日益丰满，青涩已褪去大半，点点的红慢慢地沁出来，通体散发着好闻的香气。一个阳光明媚的下午，它很轻易地被一只手摘了下来，如同对待一颗换代的乳牙。

那女孩儿拿着水果刀对着它的时候，它忽然感到了恐惧。

女孩儿认认真真地为自己喜欢的一个男孩儿削着皮，一边削一边在心底默默地祈祷着果皮不要断掉，因为她相信那样一个说法，给自己喜欢的人削苹果皮，如果果皮不断，两个人就会在一起不分开。

女孩儿又甜蜜又紧张地削着果皮，终于削好了，果皮没有断。女孩儿托着苹果递给男孩儿，男孩儿一边深情地望着女孩儿，一边轻轻地咬着苹果。苹果幸福地痛着，它终于释然，这就是自己最美的时刻吧！

有人说，如果他看到他喜欢的女孩子拿起一个苹果，在牛仔裤上蹭了蹭就毫不在乎地放进嘴里，那么他所有的好感都会荡然无存。而我恰恰相反，如果我看到一个陌生的女孩子，拿起一个苹果，在牛仔裤上蹭了蹭就毫不在乎地放进嘴里，我会爱上她。

因为她真的爱那个苹果。

爱一个苹果，不是要把它供起来，而是在它没有腐烂之前，吃掉它。

苹果不是用来端详的。

当我有了心事，我喜欢说给知心的朋友听，给他一个熟透的又红又大的苹果。我的心事说完了，他手中的苹果也只剩下了果核。忽然想，人如果倒完了心事，就变成了空空的躯壳。所以不必把心事都倒尽吧，留一点点秘密，留一点点朦胧的荧光，装点自己的暗夜。

爸爸买回来一箱苹果，其中一个有点儿烂，妈妈准是首选这一个。等第二天，另一个又烂了，如此这般，妈妈总是吃伤痕累累的苹果。她将此举做自我牺牲来标榜，殊不知，扔掉一个烂苹果，天天吃好苹果，才是更实惠的人生。

面对必须要吃掉的一好一坏两只苹果，一种人先吃好的，另一种人先吃不好的。第一种人拥有美好的回忆，第二种人暂时苦涩，但留有希望。

正如我之前所说的那样，面对一个红彤彤的苹果，一个人怀疑它的内部有虫子，并关心它是否洗干净，是否有农药残留。另一个人在见到它的时候，立即高声地赞美：好漂亮的苹果！然后飞快地咬了一口，接着闭上眼睛，惬意地咀嚼。两种人，我喜欢后一种，如果那是个小伙子，我会认他做我的兄弟，一起大碗喝酒，一起浪迹天涯；如果那是个姑娘，我会爱她、宠她，把她娶回家，举案齐眉，执手白头。

苹果不是用来端详的，尽管更多的时候，它更像一面立体的镜子。

掂一掂这轻如纸屑的春天

老范是个孤儿，一个残疾人，以修鞋为生。

他喜欢文学，可偏偏是文学害了他。

他像封建社会遗留下的一颗穷酸文人的种子，在一九八〇年的勃利小镇破土发芽。

他始终不渝地相信书中自有黄金屋和颜如玉，他在自己的食量上打折，为的是用省下的钱买书。

文学在他那里变成了罂粟花，他迷醉在里面，无法自拔。整天把自己泡在幻想里，生计问题便成了他的心头之患。每天靠朋友和好心人的施舍度着他随时都有可能熄灭的生命。

他过分依赖梦想的力量，直到肚子饿得想蚕食同类时仍旧把诗歌放在胸口。

他给自己取了个“莫愁”的笔名，希望自己有一个不再忧愁的未来，希望自己能和莫言、莫应丰一起在文坛上构筑起“三莫”的壮观画卷。那是他的理想，也是他的枷锁。

小镇上的报纸是没有稿酬的，但对他不一样。编辑们宁可自己掏腰包，也要付给他稿酬。每次一元两元的，实在不忍打消他对文学的积极性。发表他诗稿的报纸他都像宝贝一样地珍藏着，每每有朋友来，他都要拿出来供人欣赏，期待着几句赞誉之词。

那时，他的心就会平复，他想他残缺的生命里终有一些别人所不及的东西。这种假想的虚荣支撑着他的灵魂，一如那把破旧的轮椅支撑着他的身体。

他死于饥饿（我总是这样认为，如果不是因为饥饿，他就不会因为精神恍惚而被车撞倒），让人不得不担心在人潮汹涌的天堂的入口，他有没有力气挤得进去。

他在死亡之前的最后一顿饭是我和妻子为他做的，他把三天没吃的饭全都补了回来，他快乐地抚摩着自己撑得圆滚滚的肚皮，似乎把这一生的饥饿都赶跑了。

可是这一顿饭也只能抵挡一时，最终他还是被饥饿的龙卷风卷跑了，瘦骨嶙峋的他被死亡带走时一定轻如纸屑，没有一丝一毫的抵抗。

老范是这个小镇上让我感动的一个悲哀的身影，他摇着轮椅，捡起自己所见到的每一块砖，每一片瓦。他说过要给自己盖一间房子，然后请我们去做客。我们被他梦想着的幸福感染了很长一段时间。在路上见到能用的砖瓦时，便会顺便替他捡回来。

为了一块砖，他会摇着轮椅，走很远的路。我想，他在弯腰吃力地拾起那一块块砖的时候，脑海中想着的一定全是他的房子，他无比快乐，仿佛睡眠的虫子梦见了春天。

那是他捡到的最后一块砖，紧握在他的手里。为了这块砖，他被车轮碾碎了。那是块小半截的砖，上面沾满泥浆，但对于老范来说就像是长城和金字塔上的砖一样珍贵。

老范死的时候，他的小窝棚旁边已经攒下了像小山一样多的砖瓦，他曾说过，等熬过了这个冬天就好了，等春天时把房子盖起来，好日子就来了。可他终究没能熬过那个冬天，我想即使他没有被车轮碾碎，也会在他的窝棚里被冻死。本来他有两袋煤的，是在运煤车每天经过的路上一块一块捡回来的，他不舍得烧，说留着新房子盖起来再烧。

可他去了天堂，不再需要这些尘世的砖瓦。

大概只有天堂里才有他的春天吧。

后来，他捡来的那些砖瓦被人瓜分了，热热闹闹地洗劫一空。就像在炎热的夏天瓜分一块爽口的西瓜，有的盖仓房，有的盖猪圈，还有的盖了厕所。而他曾经住过的窝棚被拆掉，继而在原地盖起了一座小楼，专营按摩生意。每天晚上，暧昧的霓虹灯不停地闪烁着，客人们不停地穿梭往来，门庭若市。没有人知道，那里曾经只是一个偏僻的角落，有一个用简易车棚做成的家，有一个人，在里面甜甜地酝酿着一个春天的梦。

那是一个残缺的春天，轻如纸屑，没来得及绽放就已熄灭。

我的灵魂里住着风

每个夜晚都被我分割成好几块，8点到12点，是睡眠的时间，把心交给梦；12点到4点，是写作的时间，把心交给键盘；4点到6点，重新回到梦里，把心交给身边的爱人。

闹铃刺耳的尖叫，把所有的美梦毫不留情地击破，新的一天又开始了。

十年如一日，我一直坚守着我的习惯。

每一个早晨，我都把自己平静地铺成一张白纸，等着阳光到我的灵魂里泼墨挥毫，每一个夜晚，我都把自己倒得空空，然后往灵魂里添加风、星星、萤火虫……总之，尽量添加一切诗意的东西。我只想提醒自己，别让灵魂忘记了飞翔。

朋友在繁华的大都市给我找了份工作，不知比我现在的工作要好上多少倍。我踌躇满志欣然前往，可是到了那里之后，却忽然有了一种悲凉的感觉，令我全身发冷。我在一个人灵魂的湖面映照出了自己，我看到了我的苍白。我有着长势良好的身体，可是内心却荒芜着，寸草不生。

我转过身，逃离了那一切。

那里的高楼大厦不属于我，那里的灯红酒绿不属于我，那里的尔虞我诈不属于我，那里的人情冷暖不属于我。在高贵的上流社会面前，我做了一次逃兵。

爱人却留在了那里，接受世态炎凉的煅冶。

我知道自己到底在寻找什么，什么样的生活才是我自己的。有人说，眺望摩天大楼的人，其实都是在眺望自己的幸福。我不是，我的幸福没有那么高。

我的幸福低到尘埃。

屋檐上鸽子成群，院子里花团锦簇，你喜欢的小狗，即使你在它吠叫的时候打它的小脸，它一样喜欢趴在你身边轻轻入睡，还有不被打扰的月亮，可以喝的露水……这些都是我急着要向你表达的，我安安静静的幸福。

我总是设法让自己慢下来，我不想奔跑。那么快速旋转的时光里，我们丢失了什么，捡起了什么？有时候，你的手，抓住琴却抓不住音乐；你的耳朵，储满了涛声却丧失了河流。

有些人的幸福像瀑布和山洪，有些人的幸福像涓涓小溪，瀑布和山洪貌似巨大，但来去匆匆，小溪用最低的嗓音歌唱，却可以生生不息地流淌。

我愿守着自己小小的幸福，在尘世缓慢地移动脚步。我只想像个小孩子一样，在你面前兴高采烈地阐述简单的思想。尽管我也有自己的痛苦，物质上的清贫，是我对家人永远的愧疚。

但我终究不忍将自己物质化，就像鹿身上的梅花，它是艺术，你不能将它明码标价，进行抛售。

瑞典作家梅特林克有过一段精彩的话，他说，在星期日不去酒店喝个醉，却安静地待在他的苹果树下读书的农民；厌弃跑马场的纷扰喧嚣却去看一场高雅的戏或者独享一个宁静的午后的小市民；不去街上唱粗俗的歌或哼些无聊的曲子，却走向田间或者到城墙上看日落的工人，他们都把一根无名的、无意识的，可绝不是不重要的木柴投进了人类的大火之中。

我的生命中，唯独不缺少那样的木柴。

我的身体很臃肿，但灵魂很轻，我的灵魂里住着风。

爱人回来了，从那个灯红酒绿的城市。她说她再不会走掉，她怀念家里的炊烟，怀念家里的鸽子和小狗，常常在夜里想得发疯。我知道这样的结果，因为我知道，爱人的灵魂里，也住着风。

我们是一对清贫的快乐的人，我们的灵魂里住着风，就像那水边的蜻蜓，守着命里注定的贫穷，临风吟唱、翩翩起舞。

贫穷，但听着风声总是好的！